IBERIA

L'ALFIER NERO

IL PUGNO CHIUSO

ARRIGO BOITO

Texte et illustration de couverture : © domaine public
Edition : Culturea (Hérault, 34)
Contact : infos@culturea.fr
Retrouvez notre catalogue sur http://culturea.fr
Imprimé en Allemagne par Books on Demand
Design typographique : Derek Murphy
Layout : Reedsy (https://reedsy.com/)

Dépôt légal : janvier 2023

ISBN : 9791041844623

IBERIA

L'epoca di questo fatto ci è ignota; il paese è la Spagna. Un cavallo corre furiosamente per campi deserti, un cavaliere lo sprona, nero l'uno, nero l'altro; ravvolti nelle pieghe d'un immenso mantello, sembrano una nuvola d'uragano che voli, radendo la terra, col fulmine in grembo. Il cavaliere nasconde la sua faccia in un ampio cappuccio. Sotto quella tenebrosa coperta si possono supporre tutte le schiatte umane di tutti i tempi, lo spagnuolo, il saraceno, l'hidalgo, la corazza di ferro del quattrocento, il giustacuore di cuoio del cinquecento, la giubba di velluto del seicento vi si potrebbero parimenti celare. Quel fosco mantello è una larva che maschera un uomo e un secolo. Alla oscurità delle vesti, la vertigine della corsa s'aggiunge per fare più inafferrabile ancora quel mistero volante.

Veduto da lungi, il cavallo disegna nel vuoto colla curva delle zampe balzanti un arco d'aereo ponte che si ripete sterminatamente per la campagna. Lo scalpito metallico de' ferri scande sul terreno un ritmo stringato e preciso come i trochei di Pindaro. Quel cavallo ha il volo e il metro dell'ode. I pioppi sfilano in processione sotto gli occhi del cavaliero e le loro fronde, smosse dalla brezza del vespro, rendono suono d'applausi lontani.

Chi è quel fuggiasco? In che secolo vibrarono i palpiti di quella corsa? Nel grande oceano delle ore quali furono i minuti marcati da quel galoppo furente?

A che giova saper la cifra del tempo!?

Il cuore non muta, la terra non si trasforma per variar di secoli e di storia. Regni in Granata l'Abenceragio o Filippo II, domini sulla Spagna intera il fanatismo del turbante o della croce, vigili sul trono di Madrid il genio di Carlo V o vi dorma l'idiotismo di Carlo II, che importa ciò al trovator di romanze e al monte dell'Estremadura? L'uno canterà sempre le sue albe sotto il terrazzo della dama sua, l'altro coronerà sempre di fiori la cima delle sue antiche palme. Ciò solo che sta fra l'uomo e la natura appar mutabile: leggi, costumi, scienze. Un divino impulso spinge codeste labili forme verso un perenne moto d'ascensione; ma né le sante virtù del cuore ponno farsi più sante, né le belle virtù del creato ponno farsi più belle.

La storia che raccontiamo è l'eterna storia dell'amore nell'eterno paese della poesia; non mettiamo date all'eternità.

Il cavallo non s'arresta, non s'allenta mai. Tutte le fiumane di Leone e di Castiglia passarono già sotto il suo volo; d'un balzo varca l'Esla, d'un altro balzo l'Orbigo, d'un altro balzo la Duera; pure, giunto presso gli orli della Pisurga, esita, ma l'uomo che lo cavalca, implacabile, feroce, gli conficca gli sproni ne' fianchi, alcune gocce di sangue cadono sulla riva, il puledro si dibatte fra le ginocchia del cavaliero, spicca un salto portentoso, e la Pisurga è varcata ed è ripresa la fuga, e passa Valladolid e passa Zamora e si sprofonda nelle più selvagge regioni dell'Estremadura. La linea del suo viaggio parte da Salamanca e va alla montagna. Ogni suo sbalzo divora dieci cubiti di terreno, la sua unghia ferrata ripete sul suolo quel gesto nervoso che fa la mano di chi sfoglia rapidamente un libro e getta pagina su pagina. Così quel cavallo scaglia dietro di sé trionfalmente le leghe percorse.

Il cavaliere si volge con orgogliosa movenza verso la propria ombra che il sole tramontando profila per terra; la vede disegnarsi lunga lunga e incurvarsi leggiera in un vano del colle, simile alle figure bizantine delle alte cupole orientali. Davanti ogni croce che incontra s'inchina devoto fino a toccar le briglie col capo. E viaggia. Senza questi segni manifesti di adorazione cattolica, ei si direbbe un evaso dai roghi del Sant'Ufficio che provò già i primi lambimenti del fuoco.

La notte sale sulla montagna e il bruno cavallo con essa. Le due Castiglie s'addormentano nel buio senza neanche un auto-da-fé per fiaccola notturna.

Un soffio di vento fa cadere il cappuccio sulle spalle del cavaliero, e il cavaliero schiude il suo volto alla limpidezza del cielo. È un giovanetto bello di bellezza ideale, biondo come un bambino e abbronzito come un guerriero. Gli arcangeli che pellegrinavano sulle sabbie della Palestina ai primi anni di Cristo, dovevano risalire l'azzurro abbronziti così. Ed egli aveva dell'arcangelo anche la vaga età, come la ideava Murillo, errante fra i quindici e i dieciott'anni. Al pudico ceruleo degli occhi si avrebbe detto quindici, al fiero congiungimento delle labbra si avrebbe detto dieciotto. Egli correva ancora, benché il sentiero salisse erto e selvoso.

La notte s'avanzava e il bel cavaliero tornava a nascondere il suo viso nella folta penombra, il suo viso apparso come meteora, un istante, fra i fuggenti riverberi del crepuscolo. Giunto a una più erta salita, scende di cavallo e cammina. Alla foga quasi paurosa è succeduta una più paurosa lentezza. Il giovanetto fa passi radi, brevi e tremebondi; il suo cavallo affranto lo segue.

Giunto a mezzo del monte incomincia a cantare un'alba provenzale che l'eco della valle deserta ripete così:

Erransa

Pezansa

Me destrenh e m balansa;

Res no sai on me lansa,

e continua a salire sempre più lento per vie sempre più selvagge.

Mancano due ore a mezzanotte quand'egli arriva agli spaldi d'un immenso castello ritto sul ciglione d'una rupe. Il giovanetto lega il suo puledro alla massiccia balaustra del ponte levatoio; poi s'appoggia col gomito sulla sella e rimane immobile in quell'atteggiamento qualche minuto. Indi ripiglia a cantare con voce intensa e tremante:

Nacido en Castilla,

Enamorado en Leon

e un'altra voce più fluida e più bianca risponde:

Nacida en Leon,

Enamorada en Castilla,

e il ponte levatoio è abbassato, ed appare una forma bianca come la voce che aveva cantato, e il giovanetto passa, e si odono, in fondo al porticato oscuro, mormorar questi nomi:

«Estebano.»

«Elisenda.»

II

«Principe, mi apparite più veloce del sogno e più pronto della speranza!»

«Mi posi in viaggio all'aurora con tre puledri, uno bianco, uno sauro e uno nero; salii sul bianco a Castiglia, gli altri due mi seguivano. A Palenza il bianco morì e salii sul sauro; a Salamanca il sauro morì e salii sul nero, che ora dorme laggiù fuor dello spaldo».

«Cugino Estebano, il sangue dei nostri grand'avi bolle fieramente nelle nostre vene. I re di Castiglia erano chiamati aguilas en sus caballos».

«E le regine di Leone erano dette fadas en sus castillos, principessa Elisenda, graziosa cugina mia»

L'accento di quest'ultime parole sonò grave e oscillante sulle labbra del giovanetto, come la cadenza d'un canto.

«In dieci anni che non ci siamo visti è cresciuta in voi la statura del corpo e la gentilezza della parola. Vi stanno ancora nella memoria le serenate di Valladolid?»

«I due versi che ho cantato poc'anzi ve ne fanno fede. Avevo sett'anni quanto li composi per voi nel parco della defunta principessa Blanca vostra augustissima madre; e cinque anni avevate voi quando per la prima volta mi rispondeste cantando come questa sera»

«Si; me ne rammento tanto, tanto. Io vi chiamavo Menestrello e voi mi chiamavate Reina. Voi portavate i miei colori, io ripetevo le vostre canzoni; e mi ricordo d'una volta che vi nascondeste nel bosco dei leandri per piangere un giorno intero quanto scopriste che il verso Enamorado en Leon era sbagliato; né prima ve n'eravate accorto, né poi lo sapevate correggere».

«E non l'ho ancora corretto, principessa».

«Spero che non lo correggerete mai.»

Dopo queste parole il castello echeggiò alle risate dei due giocondi cugini.

Indi Estebano ricominciò:

«E Don Sancio, il vostro buon nonno, come morì?»

«Povero nonno! morì di vecchiaia, la morte del leone. Egli presentiva l'ora della sua fine. Tre dì prima di andarsene in paradiso vergò il suo testamento, quello che leggeste ieri a Castiglia; piegò, suggellò e v'inviò egli stesso lo scritto. Il giorno dopo, che fu ieri, escì dal castello coll'archibugio ed uccise tutti i corvi e tutti gli avvoltoi di queste gole; poi si riposò. Oggi, prima dell'alba, mi prese per mano e mi condusse sulla cornice d'un burrone, da dove quel forte vegliardo soleva ogni dì contemplare il crepuscolo. Lì, sull'orlo dell'abisso, appoggiando la schiena contro la roccia nuda, parlò a me, che lo guardavo dal ponte, così: "Principessa Elisenda de Sang-Real, figlia di colui che nacque dal figlio di tutti i re di Leone, sappiate che oggi, quando il sole comparirà in questa rupe, io sarò morto. Non piangere, ma ascolta. Questa aurora è il tramonto mio". (Ed egli mormorava ciò mentre voi, cugino, sellavate a Castiglia il cavallo bianco.) "Ti ricordi", soggiunse, "a Madrid quel vecchio toro che non sapeva più combattere nel circo e che penava a morire? Tu eri ancora bambina e ridevi guardandolo e lo beffavi: io, per moderare il tuo riso, che non s'addiceva a prole di regnatori, ti dissi: Donna Elisenda, sul davanti della vostra bocca ognun vede che manca qualche tenero dente di latte; allora ti facesti seria e chiudesti le labbra. Oggi che hai tutti i tuoi denti e che nessuno ti scorge, puoi sorridere, figliuola mia; il toro decrepito c'è ancora." E intanto che il vecchio parlava s'udì nell'alvo dell'azzurro il gorgheggio della prima lodola. Don Sancio levò la testa come per cercare nell'aria l'augellino canoro e poi sclamò: "Ecco già il grillo del paradiso! Da queste vette al cielo c'è poca distanza... tu non aver paura, figliuola, non turberò le tue notti. Per sola esequie accenderai nell'oratorio, questa sera, l'antica torcia benedetta che fu la face tutelare della nostra stirpe, da Alfonso VIII fino a te. Abbi gran cura di quel sacro cero, bada che per ispegnerlo ci vuole l'alito d'una sposa; ti sarà spiegato poi questo mistero. In quella fiamma è chiuso il fato della nostra razza. Quel cero fu tratto dall'arnie che popolano le valli dove nacque Gesù; lo portò da Terra Santa uno de' nostri avi eccelsi. Il profetico frate che glielo porse gli disse: Finché questo cero arderà vivranno i troni di Spagna. D'allora in poi avemmo sempre per costume d'accendere quella preziosa reliquia ad ogni nostro funerale e ad ogni nostro imeneo. Ora non puoi ancora comprendere tutta la sapienza dell'oracolo avvinto alla vetusta reliquia. Sappi soltanto che l'alito d'una vergine, su quella vergine cera, estinguerebbe insieme alla fiamma la grazia divina che veglia sulla nostra progenie, e la progenie sarebbe spenta con essa. Elisenda, le anime dei tuoi figliuoli si accenderanno alle faville di quel cero serafico, ma prima di spegnerlo attendi Estebano tuo. Egli arriverà questa notte, gli ho scritto; arriverà questa notte, ti sposerai ad Estebano; un vecchio moribondo è vicino a Dio più del più santo sacerdote, ed io stendo verso di te la mia mano non ancora tremante e benedico il tuo regio imeneo. Gli angeli veglieranno sul sacro connubio dei due ultimi delicati rampolli di Sang-Real". Poi pronunciò parole così oscure e così profonde che io non le compresi. "Pensa, Elisenda", soggiunse, "che dal tuo grembo sorgerà la storia dei secoli venturi; dell'alta quercia imperiale, che dilatò le sue ombre fin sull'Asturia e sull'Aragona, due ramoscelli rimangono ancor vivi. Dio unirà questi due ramoscelli che diventeranno una sola ed eterna radice. Da donna Urraca e da Alfonso el Batallador nacque la nostra gloria passata; da donna Elisenda e dal principe Estebano de Sang-Real sorgeranno le nostre glorie future. Bimbi leggiadri ed augusti, siete fiorellini di re, siete semi di re! e come da una sol'ape coronata pullula l'intera popolazione degli alveoli armoniosi, così popola tu, figliuola, gli alti troni del mondo! Estebano, Elisenda: amate, germinate! Offro a Dio in olocausto questi lunghi anni di romitaggio e di umiltà, pei quali piacquegli conculcare temporariamente la mia imperiale famiglia. Ma in premio della mia perduta potestà chiedo a Dio per le creature delle mie creature una imperitura dominazione. Ricordati, Elisenda, delle somme virtù che furono fregio alla tua schiatta possente; riuniscile tutte in te e ciò sia la tua religione:

Alfonso I era chiarnato il cattolico;

Alfonso II era detto il casto;

Alfonso III era denominato il grande;

Sancio II il forte;

Alfonso VIII il nobile;

Alfonso X il savio;

e Pietro I il crudele.

Se tu non ispregerai nessuna di queste antiche virtù da monarca, e se ti comporrai con tutta la salda armatura dell'anima, sarai genitrice d'eroi, e Ceuta e Tunisi e Melilla e Cuba e Venezuela e San Domingo e Navarra ritorneranno Spagna. Io vissi umile in faccia ai signori d'Europa, ma pur volli per asilo alla mia umiltà la più elevata cresta dell'Estremadura. Tu da umiltà guardati come da peccato; sappi trarre dal meditato abbassamento mio cagione d'auge ai nepoti. L'umile passa inosservato sotto gli occhi dell'Altissimo che creò le alte montagne; l'incenso che sale da loco basso e nascosto offende le nari dell'Onnipossente. Dio è l'eterno orgoglio che regge la vita dell'Universo. L'umiltà è la virtù delle turbe. Gesù sta ben ritto davanti alla plebe prosternata, e chi vuol favellare a Filippo II, foss'anche un duca di Medina Celi, dee piegare il ginocchio. Nessuno può essere più alto del re...".

«E intanto il sole saliva dietro la montagna che era di fronte a Don Sancio, ed irradiava le vette che gli stavano sul capo. Il nonno misurò collo sguardo e colla mente il corso della luce e sclamò: "Ancora un'ora di vita!"

«Poi si raccolse nei suoi pensieri.

«Dopo mezz'ora si scosse dicendo: "È tempo ch'io mi confessi". Allora si fece il segno della croce, si curvò col capo sull'abisso profondo che si squarciava sotto ai suoi piedi, e, incurvando le mani alla bocca in forma di portavoce, mugghiò verso il precipizio: "Tu sarai il mio confessore". La sua parola si perdeva nel burrone, squillante come la nota d'un corno da caccia. La voragine, co' suoi tortuosi meandri, pareva un immenso orecchio di tenebra su cui piombavano queste voci:
«"Ho tre peccati sull'anima. Eccoli:

«"Primo peccato: quando avevo vent'anni, a Zamora salvai dal rogo tre infedeli, un moro, un ebreo e un luterano.

«"Secondo peccato: quando avevo cinquant'anni, salendo a questi dirupi, allontanai dalla mia solitudine e dalla mia povertà tutti i miei vecchi servi, tutti i miei santi preti e tutte le mie povere ancelle.

«"Terzo peccato: ieri, vigilia della mia morte, ho ucciso un'aquila reale sul suo nido."

«E si levò come un albero in nave.

«Io allora feci un passo come per varcare il ponte che ci divideva; Don Sancio me lo vietò, gridando:

«"Fermati, non avvicinarti, non toccarmi; mi faresti cader vivo nel precipizio."

«Il sole continuava a salire ed il suo raggio a discendere sui macigni del monte, attraversando una rupe spaccata nel mezzo come una gigantesca merlatura guelfa.

«A un tratto il sole raddoppiò di splendore; c'era la distanza d'un palmo dalla sua luce ai capelli del nonno. Il nonno pareva assorto in contemplazione, ritto sui piedi e appoggiato alla roccia; fu un baleno quando il suo crine canuto al primo tocco della luce diventò d'argento. Il sole sembrava un arciere appostato dietro la rupe spaccata come dietro una feritoia; l'arciere appuntava lentamente il suo arco verso le pupille del nonno; una saettata di luce vibrò sugli occhi di Don Sancio. Il sole e il vegliardo si fissarono per un attimo come due rivali. La freccia era scattata; Don Sancio era morto. Il sole lo aveva fulminato; pure non cadde e stette ritto fino a meriggio. Mentre voi sellavate a Salamanca il vostro caval sauro, il vento urtò il povero nonno, che precipitò nell'abisso.»

«Pace all'anima di Don Sancio,» rispose Estebano; «domani scenderò nel precipizio, raccoglierò la salma veneranda e la porterò nel chiostro di Sant'Isidoro, dove dormono tutti i monarchi di Leone.»

Elisenda soggiunse: «Amen».

III.

I due cugini, così parlando, camminavano lentamente fra gli oscuri colonnati del castello. L'uniforme pestio degli sproni d'Estebano accompagnava lungo i marmi del cortile il fiero racconto d'Elisenda; tutto intorno era silenzio. Intanto la luna alzatasi splendeva già sui monti e sui tetti; una piccola stella le vagava d'accanto e pareva una lagrima di luce.

Estebano mormorò: «La luna piange!» e i due giovanetti s'arrestarono immobili a guardarla, mentr'essa benignamente li inondava di raggi. Allora comparve illuminato e purissimo il viso della fanciulla.

A fermare col pensiero la tenuissima gradazione ideale che esisteva fra le fattezze e le anime di quei due cugini, simigliantisi come due fratelli, non troviamo altra imagine fuor che questa:

Estebano era un fiore vivace con un profumo gentile.

Elisenda era un fiore gentile con un profumo vivace.

Il gherofano e la viola avevano fra essi scambiato l'olezzo, e per ridonarselo entrambi era forza che l'uno penetrasse nell'essenza dell'altra. Ogni armonia ed ogni soavità sembrava assorta in quella coppia adolescente. Appariva fra essi di vario appena quel tanto che è indispensabile al simpatico accordo delle cose create. Del resto erano in tutto l'identica ispirazione di Dio tentata su due sessi diversi, Estebano la forma virile ed Elisenda la forma femminea dello stesso divino concetto. Essi si assomigliavano come tutti gli angeli si assomigliano. Certo nelle loro vene scorreva infuso l'azzurro del cielo tanto essi apparivano eterei. L'orgogliosa frase castigliana, sangre azul, colla quale si fregia tuttora l'antichissima nobiltà spagnuola anteriore alla invasione dei saraceni, realizzavasi idealmente nei due ultimi germogli dei Sang-Real.

Quel re di Leone che, ferito in battaglia, macchiò di azzurro la scimitarra del moro nemico, era un antenato dei nostri giovanetti reali. Le teste d'Elisenda e d'Estebano dovevano esser state create per portar nimbo o corona; un'aura monarchica e serafica si condensava attorno le loro fronti come una gloria, e i cieli d'oro di Zurbaran si abbozzavano vagamente dietro lo spazio in cui respiravano. Immobili, Estebano ed Elisenda, fissavano sempre la luna.

A far vieppiù tenace la loro contemplazione s'aggiungeva lo sgomento che provavano entrambi nel sentirsi vicini e l'indicibile terrore del guardarsi nel viso.

S'amavano già e non s'erano neanche intraveduti, tanto l'oscurità scendeva fitta prima che la luna s'alzasse.

S'amavano per la memoria che avevano del loro amore da bimbi, perché quell'amore era stato il primo sogno dei loro cuori infantili e l'ultimo sogno dell'avo moribondo; s'amavano perché un istinto fatale e un'occasione violenta li trascinava ad amarsi; s'amavano perché la farfalla bianca ama il fiorellino bianco e la farfalla celeste il fiorellino celeste, perché erano biondi e pallidi tutti e due, perché si sentivano soli sulla terra, soli ed uniti su quelle notturne alture di paese selvaggio.

Nello stesso modo che sovra il disco lunare l'astronomo contempla il riverbero diurno d'un altro emisfero, i due giovanetti contemplavano nella luna il raggio riflesso del loro timido amore.

Elisenda ruppe prima il silenzio dicendo: «Principe, volete seguirmi nell'oratorio?» e s'incamminò verso una gradinata fosca; Estebano la seguì.

Salirono nel buio l'uno dietro l'altra senza più dir parola.

Giunti al culmine della torre, Elisenda spinse una porta ferrata e grave che ricadde dietro i passi d'Estebano.

Eccoli nell'oratorio.

Il cero santo arde per la morte del nonno ed illumina solo il religioso recinto.

È l'oratorio situato sulla più elevata parte del castello; le pareti ottangolari tese di velluto viola, fiocamente illuminate, sembrano quasi nere e i loro angoli vi si confondono tanto da produrre all'occhio di chi entra l'aspetto d'una costruzione conica. Di fronte all'ingresso sta l'altare innalzato su tre vasti scaglioni coperti da molle e prezioso tappeto. Sopra l'altare è appeso un lunghissimo quadro. Due facce magre guardano dall'alto della nerissima tela. A piedi del dipinto si legge in lettere gialle questa scritta: «el matrimonio de doña Urraca de Castiglia et Alfonso de Aragon». Più sotto la data 1144. Le figure del quadro sono quasi interamente sommerse in una caligine che arriva loro alla bocca, né più s'indovina quale fosse lo sposo e quale fosse la sposa di quell'antico imeneo. Tutti e due hanno negli occhi lo sguardo esterrefatto dei naufraghi e par che presentano l'irrevocabile sollevamento del livello di tenebre che li affoga. Né una mano, né una collana, né l'impugnatura d'un brando traspare attraverso il sudario nero che li va coprendo. Pure in mezzo ad essi si stacca dal buio la linea d'un cero alto ben sette cubiti.

L'ironia del tempo che parla da ogni cosa surta per mano d'uomo, sembra qui voler paragonare quel lungo cero dipinto all'altro rimasuglio di torcia che arde nel mezzo della cappella e che non ha più d'un palmo d'altezza. L'ironia diventa più bieca quando si sappia che uno è l'imagine intiera dell'altro. I secoli consumarono il cero ardente come consumarono i due monarchi effigiati nel quadro; l'ombra salì su questo, la luce calò su quello.

Fra le modanature dell'altare si vedono scolpite le parole: mensa regia.

Un messale d'argento massiccio è aperto a sinistra del ciborio. Agli otto angoli della cappella pendono o giacciono stole, turiboli, spade, morioni, flabelli, palii, clamidi, rosarii, farraginosamente accumulati. Su tre ampli cuscini, disposti rasente l'orlo del più alto gradino della mensa regia, riposano due corone e una mitria.

Pochi passi bastano a misurar l'oratorio. Tutto il genio spagnuolo è compendiato in quelle pareti e in quelle spoglie pompose. Penetrando in quel ricinto chiuso e opulento come una tomba, ove tante reliquie reali e papali sono agglomerate, il pensiero porge al pensiero queste parole: Angusto et Augusto.

IV

Estebano ed Elisenda, a capo chino davanti l'altare, pregavano; sulle loro labbra vagava un alito sottile, un ronzio dolce come di brezza o di zanzara. Elisenda finì le sue preci prima di Estebano, e poiché vide ch'esso continuava devoto, si pose a contemplarlo. Com'era bello il profilo del principe, col mento converso sul petto e sulle mani giunte, in atto d'alta mansuetudine!

L'estasi scendeva già nell'anima della fanciulla.

Quand'ei si scosse, ella, turbata, fece sembianza di rimettersi a pregare.

Allora fu egli che la guardò. Com'era bella, alla luce del cero, Elisenda, in vesti bianche!

I suoi capelli parevano ambra pura, e le sue mani avevano il morbido contorno dell'agata lavorata; poi, strana cosa, eppure leggiadra, le sue labbra non erano porporine né rosee, ma quasi bianche, e, assai divise nel mezzo, parevano composte con quattro foglie di tuberosa.

L'adorazione d'Estebano s'era volta da Dio ad Elisenda.

Il silenzio era così grave che opprimeva l'orecchio. A un tratto Estebano esclamò quasi supplichevolmente:

«Oh! principessa, è lunga la vostra orazione!»

Elisenda rispose: «Ho finito». E si guardarono negli occhi, stupefatti di non ispaventarsi.

Lo sguardo d'Estebano penetrava nelle pupille di Elisenda profondo, lucido, sicuro, come una lama nella sua guaina.

«Chi c'è nel castello?» chies'egli.

Essa rispose: «Non un'anima viva».

Appena finite queste parole s'udì un colpo formidabile dietro l'altare, come d'un gigante che bussasse dietro a una porta, e dopo quel prim'urto un secondo, e un terzo, e un quarto; al dodicesimo s'arrestò.

«Chi è là? Chi è là? Chi è là?» grida Estebano, e si slancia verso Elisenda e l'afferra pel corpo col braccio sinistro, e col destro la copre come per difenderla dall'ignoto nemico.

Poi ripiglia, mugghiando più che sclamando: «Avanti, se sei un prode! se sei un vile, indietro! o il mio pugno levato risponderà sul tuo cranio dodici percosse non meno tremende delle tue, malvagio turbator di preghiere. Avanti! Avanti, ciclope od orso o diavolo, uomo, fantasma...» Ma qui s'interruppe e, tutto stretto ad Elisenda, mormorò:

«Ahimè! pace all'anima di Don Sancio». E fu come un leopardo che diventasse un agnello.

La fanciulla tremava, ma non di paura, e come Estebano la vide cosi tremebonda, la raccolse tutta sul petto e la baciò sulla fronte.

Ella allora sclamò: «Grazie, Don Sancio!» con accento d'infantile beatitudine; poi continuò sorridente: «Cugino mio, fiero e robusto, pace anche a te! Ciò che hai udito vien dalla cripta che sta sotto all'oratorio ed è l'orologio del vescovo Olivarez. Devi sapere che quando morì quel santo vescovo (il solo prete e il solo uomo che abitò con noi questo castello), il nonno lo seppellì in un bel cofano di rame ricoperto d'ebano, e lo collocò sotto l'orologio della torre, da dove aveva fatto estrar la campana perché il martello, cadendo ad ogn'ora sulla bara del morto, ricordasse perennemente la caducità delle esistenze umane. Quei dodici colpi ci avvertono ch'è mezzanotte». Poi soggiunse con voce più bassa, come chi profferisce cosa che non comprende: «È tempo che ci sposiamo». E fissò in volto lo sposo. Estebano la teneva ancora stretta col braccio.

Lo spavento aveva congiunte, più presto che non avrebbe fatto l'amore, quelle due creature innamorate, le quali non sapevano più separarsi, né più cessar dal tremare. Così avvinti, vacillanti, i due giovanetti s'avviarono, mossi da un solo pensiero, verso un angolo dell'oratorio. Là, Elisenda, raccolto da terra un palio di drappo d'oro, lo pose sulle spalle ad Estebano; poscia ambidue si volsero ad un altro angolo ove Estebano staccò dal muro una clamide di porpora e di argento colla quale rivestì Elisenda sua; poi brancolarono lungamente sulle sparse reliquie degli avi e si adornarono di cinture moresche, di collane gotiche; il giovanetto indossò anche una preziosa stola di bisso e la fanciulla colse un rosario e un anello; poi s'inginocchiarono sul primo gradino dell'altare, Estebano a destra, Elisenda a sinistra; si curvarono religiosamente, sollevarono dai cuscini, ov'erano deposte, le due corone imperiali e se le posero in capo, muti, gravi, compunti, come due bimbi assorti in un magico tripudio. I loro corpi flettevano sotto il peso degli splendidi manti, e le i loro chiome si torturavano entro i cerchi massicci delle corone doro.

La corona d'Estebano, imperiale e chiusa; colla croce sul colmo, somigliava a quella di Carlo Magno, tranne che in giro apparivano cesellate le tre parole colle quali i romani battezzarono la provincia di Leone: Legio septima gemina.

Sul manto d'Elisenda s'ammirava ricamato in argento il superbo leones rampando, e topazi e rubini e diamanti erano sparsi a centinaia sulle vesti dei giovanetti reali. Ma la polvere aveva appannate quelle gemme e quegli ori, e il tarlo aveva roso quelle porpore. Un'antitesi tragica sorgeva da quelle due bionde figure adolescenti, schiacciate sotto una così polverosa catasta di ornamenti da trono. La stola d'Estebano gli si acuminava dietro il collo con una piega acuta sotto la nuca, e dura e tondeggiante sugli omeri. Una ragna cinerea gli cadeva da una punta della corona fin lungo l'orecchio e gli si perdea fra i capegli. Quei sacri arredi coprivano di maestà e di scherno, incoronavano e vituperavano ad un tempo chi li portava.

Le membra dei teneri sposi avevano smarrita la loro eleganza natia sotto la goffa pompa di quei drappeggiamenti.

Ma i due fanciulli si guardavano, e così vestiti si sembravano più belli.

Allora incominciarono una bizzarra cerimonia.

Sempre inginocchiati, si presero per mano e recitarono il rosario: Elisenda sospirava Kirie Eleison, Estebano rispondeva Christe Eleison, e le grane delle avemarie scorrevano lievi lievi fra le dita tiepidamente intralciate. Quand'ebbero finito, Estebano intuonò:

Veni de Libano, sponsa mea, veni,

e nel suo canto s'udivano le vibrazioni dei sorrisi e delle lagrime.

Elisenda rispondeva:

Manibus date lilia plenis.

Poi Estebano:

Fulcite me floribus;

poi, chinando la fronte davanti ad Elisenda:
Salve, Regina,

mormorò soavemente, e le baciò il manto come ad una madonna. Indi ambidue si posero a cantare con voce alta e fiera l'inno delle nozze reali

Te Deum laudamus, te, Domine, confitemur.

Le loro voci unisone salivano e scendevano sul liturgico salmo. La grave melodia faceva risonar l'oratorio; i turiboli appesi, allo scoppio delle forti note, oscillavano, come per accompagnarle colle loro danze.

Così, sempre cantando, Elisenda aveva messo in dito ad Estebano un anello d'onice, e, sempre cantando, Estebano si era levato e avea steso il pugno nell'ombra dietro l'altare e l'avea ritratto armato da una immensa spada. Poi che si tacquero, egli, ritto in piedi, col braccio alzato, colla punta della spada tesa sul messale aperto, pronunciò questo giuramento:

«Io, Don Estebano, principe di Castiglia, duca di Salamanca e di Zamora, giuro sulla sacrata croce vera di Cristo, sull'evangelio e su questa lama d'Alfonso VIII d'Aragona, giuro d'essere sposo in terra ed in cielo alla principessa Donna Elisenda di Leon, marchesa di Valladolid, contessa d'Asturia, mia eccelsa cugina. Giuro di riconquistare per noi e pei nostri figliuoli il trono perduto di Spagna, di riconquistarlo colla virtù o colla forza, col genio o colla spada, colla pace o colla guerra, col bene o col male, colla clemenza e colla ferocia, sorretto pur sempre dalla sacrosanta religione cattolica. Così sia.»

L'orologio di legno batte un'ora. La punta della spada agitata dai fremiti del principe aveva squarciato la pagina del messale sovra cui s'appoggiava.

Estebano si toglieva a stento da quell'atto sovrano e dalla solennità di quel gesto; ma, di repente, come disciolto in un ineffabile bisogno d'umiltà, si gettò per terra colla testa sui cuscini dell'altare, sclamando:

«Adhaesit pavimento anima mea».

Allora Elisenda gli si pose d'accosto, chinò la guancia verso le sue labbra: una lunga perla pendeva dall'orecchio della fanciulla; Estebano baciò quella perla, poi disse:

«Sei bella, o mia regina!»

Essa rispose:

«Sei bello, mio re!»
E l'amore incominciò le sue note.
L'odore della cera liquefatta saliva nelle nari dei giovanetti; quell'odore era dolce e tedioso e caldo. Ma essi non rimuovevano già più gli occhi l'uno dall'altro.

«Mia soave Elisenda», la chiamava Estebano, mentre il suo cuore batteva convulso come l'ali d'una farfalla trafitta da uno spillo; poi continuava:

«Posa, posa la tua bianca mano sulla mia fronte e penserò dei poemi!» ed Elisenda posava la mano sulla fronte d'Estebano. Dopo un lungo silenzio egli riprendeva a parlare con questo sogno:

«Elisenda, odi; vorrei che tu fossi una caleide ed io un altro vago e tenue insetto, e che avessimo per padiglione il calice d'un giglio, e lì vivere la corta vita nostra, al blando lume d'un'aurora mitigata dalle nivee pareti del nostro talamo, e poi morire tutti e due in quel giglio odoroso e chiuso».

«Ma non vedi, Estebano, com'è tutto chiuso e non senti com'è tutto odoroso anche questo asilo di pace?».

Ciò che dicevano quei due fanciulli erano parole e parevano canti.

Elisenda ripigliava: «Ho dei sogni così gonfi e delle chimere così turbolente nel cuore che, per farvele uscire, mi bisognerebbe infrangerlo. Ciò che nasce nel cuore non può escir che dal cuore! feriscimi un poco qui, Estebano mio, al costato sinistro... tanto che con qualche goccia di sangue possa sprigionarsi anche qualche pensiero. Le labbra umane non sanno la via di queste cose profonde».

Allora Estebano soggiungeva: «No; nel linguaggio che mi hanno insegnato non esiste il nome di ciò ch'io sento per te».

Elisenda chiedeva: «M'ami?».

Ed Estebano rispondeva con voce bassa e tranquilla: «Sì,» e i volti avvicinavansi ed allungavansi le labbra; poi baciavansi col bacio religioso e casto che si dà agli amuleti. E continuavano: «Amiamoci più delle rondini e più dei cigni e più dei puledri d'Asturia che vanno a due a due per le ville castigliane avvinti alle carrozze dei re».

L'orologio del vescovo Olivarez batte due tocchi. Ogni volta che quell'orologio scoccava, Estebano trasaliva. «Quell'orologio è lugubre», pensò; «pare il dito d'uno spettro che bussi là fuori per incitarmi a qualche oscuro mistero» e rimase turbato.

«Estebano mio, permetti ch'io mi tolga un minuto da te? Oggi ho scordato di dare il pane al mio povero cigno. Tu intanto, va dal tuo cavallo con un pugno d'avena, perché non muoia di fame.»

«Questi, cugina mia, non sono uffici da principi», rispose Estebano; «lascia che il cigno provveda egli stesso al suo pane e il cavallo alla sua avena. Non istaccarti da me: il tempo fugge, l'ora batte alla porta. Guai a chi esce dal cerchio che gli segnò la fortuna! Poni mente al giorno più lieto de' tuoi anni, perché in quel giorno morrai. Mi ricordo sempre queste parole che udii una volta, predicate sul pergamo nella chiesa di Sant'Ignazio a Madrid da un vecchio gesuita. Questo è il giorno più lieto de' miei anni; temo che se noi esciamo di qui, la morte ci colga.» Poi susurrò, posando il capo sul seno d'Elisenda: «È così dolce la vita!».

La fanciulla rispose: «Sia fatta la tua volontà», e si coricarono entrambi sui gradini dell'altare colle teste appoggiate sullo stesso cuscino. I loro profili sfioravansi; si guardavano l'anima attraverso le pupille degli occhi. Quelle di Elisenda si dilatavano prodigiosamente e si rinserravano convulse ad ogni battito de' polsi. Dopo un mite silenzio essa chiese ad Estebano: «Dimmi, ti par più bello l'amore o la gloria?».

Estebano meditò; poi disse: «Sorella, la gloria non è altro che un grande amore diffuso su molti popoli e su molti secoli; ma l'amore è una soave gloria condensata in un cuore solo e in un'ora sola. È più bello l'amore:

Mejor es penar

Sufriendo dolores

Que estar sin amores.»

Le sue parole s'estinsero in questo mormorio cadenzato; poscia egli s'avvinse ad Elisenda e la baciò sulla bocca, e l'abbracciamento fu stretto e il bacio fu lungo; ma la loro posa rimaneva innocente come quella della cuna ed immobile come quella della tomba.

La pupilla d'Elisenda s'alzava lenta, cerulea, simile a un'alba di luna.

Sulla testa dei due giovanetti pendeva, appesa a quattro catenelle d'oro, una lampada di quelle che i primi cristiani chiamavano coronaephorae; era spenta e di bronzo e tempestata di pietre preziose, sulle quali si rifrangeva la luce del cero con tutti i riverberi del prisma.

Estebano ed Elisenda levavano in sù gli occhi e il mento; la nascente lanugine delle guance d'Estebano toccava la guancia d'Elisenda come l'ermellino ducale tocca il velluto principesco. Gli sguardi dei due giovanetti adagiati erano fissi sulle faccette d'un grosso diamante, che sfolgorava più d'ogni altra gemma. Le loro labbra si confidavano così gl'incanti dell'iride che li affascinava:

«Estebano» mormorava Elisenda, «vedo un paese azzurro come una notte serena e come il canto della tua voce; poi vedo uno sciame di farfalle volanti in mezzo a un fumo di mirra!»

«Elisenda, vedo un paese verde come un liquido prato o come un oceano tranquillo, e poi degli angioli che si baciano e nuotano coll'ali come delfini celesti!»

«Estebano, vedo un paese viola come i colli remoti d'Andalusia, e come il manto della Vergine, e come il solco soave che sempre più si sprofonda sotto le tue palpebre.»

Poscia, come l'idea sale dall'effetto alla causa, gli sguardi dei due giovanetti passarono dal diamante della lampada alla fiamma del cero.

Il cero non misurava già più di tre pollici di lunghezza, per modo che il suo dileguarsi era rapidissimo in proporzione della sua circonferenza. Certo quella cera doveva essere amalgamata con qualche materia più adusta. Le gocce scorrevano veloci dal vertice alla base della candela e s'arrestavano per un attimo sugli orli del candelabro; poi, scivolando lentamente e mano mano appannandosi, conformavano una agglomerazione di stalattiti glutinose e verdastre che si perdevano nell'ombra. Il candelabro, alto come una gamba, era d'argento massiccio arrugginito, ed aveva per piedistallo la figura d'un serpe avvoltolato che si mordeva la coda.

Quella santa reliquia emanava una segreta aura di veleno. Quel cero, stillante la sua bava d'ossido su quella ruggine malsana e su quel serpe attortigliato, appariva bieco.

Nell'oratorio si diffondeva sempre più un profumo: era la mollezza dell'oppio, l'acredine della canfora, la limpidezza dell'aloe, mista ad un altro inesprimibile olezzo. Tutti gli aromi d'un gineceo d'Oriente e tutte le esalazioni d'un sotterraneo d'alchimia si condensavano in quell'aura letargica e letale.

La fiamma del cero si circondava di quando in quando con quell'alone di nebbia che si vede intorno la luna durante le insalubri notti autunnali. Il suo lucignolo allungato e curvo portava in cima un carboncello che aveva la forma d'una viola stillante una pioggia di faville incandescenti.

Estebano ed Elisenda scoprivano in quella rugiada di foco l'immagine d'un nuovo paradiso. Fissavano ammaliati il cero sorridendo alla luce, muti, pallidi.

Elisenda riandava colla memoria le ultime parole di Don Sancio, e tentava invano afferrarne il recondito senso: e pensando favellava come in sogno:

«Le anime de' tuoi figliuoli si accenderanno alle faville di quel serafico cero...

«Finché quel cero sarà, vivranno i troni di Spagna... Per ispegnerlo ci vuole l'alito di una sposa...»

e qui s'arrestava conturbata.

« Prima di spegnerlo attendi Estebano tuo...

« Dal tuo grembo sorgerà la storia dei secoli venturi...

«Amate! Germinate!»

E piangeva.

Intanto la fiamma calava rapidissima; Estebano la fissava sempre più intensamente; a un tratto s'accorse d'una sigla miniata in carmino sulla estremità del cero. Quella sigla scritta orizzontalmente formava queste tre lettere disposte così:

antichissimo monogramma delle parole Have. Iesus.

Estebano s'erge in piedi, corre verso il cero, afferra il candelabro pesante, lo innalza vigorosamente, lo capovolge; poi, segnando coll'indice sinistro la sigla rovesciata così:

grida volto verso Elisenda: «Stephanus Imperator Hispaniae!»

Elisenda lo guardava atterrita, eppur beata, tanto era sublime quel fiero garzone in quell'atteggiamento di trionfo. Ma intanto la fiamma sconvolta divorava il cero e mordeva il dito d'Estebano.

Quando il pesante candelabro fu ricollocato sul suo piedistallo, della torcia non rimaneva più che un mezzo pollice appena; le lettere H e I della sigla erano dileguate.

Elisenda sclamò: «Guai a me se si spegne!»

Il giovinetto s'accorse allora che tutto intorno all'estremità del cero girava una grossa lista di pergamena. La distaccò per prolungare così d'un minuto la vita alla fiamma.

La pergamena era piena di simboli sacri, di formule cattoliche che s'insertavano bizzarramente a molti caratteri orientali. Nel mezzo della lista apparivano queste parole miniate in rosso:

ANATHEMA SIT
Estebano s'era messo già a decifrare quel mistero, allorché Elisenda diè un grido.

«Elisenda mia!» sclamò, e le fu subito accanto.

«Ho tanta sete», sospirò la fanciulla, mentr'ei, tutto chino sovr'essa, le toccava i polsi e la fronte.

Essa ripeteva tutta ansimante: «Leggi, leggi ciò che stringi nel pugno. Un anatema pesa su noi in questo minuto. Leggi, ma non partirti da me; leggi qui,... qui».

La fiamma si dibatteva convulsa; pareva quasi un'anima che si ribellasse alla morte.

Quell'estremo avanzo d'antichissima reliquia cattolica e monarchica pareva fatale a vedersi. Era più che un lumignolo che s'estingueva; era un'agonia.Otto secoli accumulati su quella torcia agonizzavano con essa. Una religione possente e una stirpe trionfale esalavano l'anima nel crepitio di quel cero. Quel cero soffriva la rabbiosa angoscia del reprobo; le sue convulsioni affrettavano la sua fine. Una luce fredda, verdastra, inquieta vagava nella cappella e rendeva penosa ad Estebano la lettura dell'anathema mezzo arso, macchiato, irto d'intralciatissime cifre.

«Estebano! Estebano!» ripigliava la fanciulla tremante avviticchiandosi al collo del giovanetto, mentr'ei frugava cogli occhi quelle iscrizioni oscure. «Guardami, guardami! prima che il cero si spenga, prima che la notte infinita ci copra, guardami! Dammi un bacio, e che il tuo bacio mi dia l'alito di una sposa; poi soffierò sul cero prima che si spenga.»

Ei la guardò: un fremito febbrile li avvolgeva. Ricaddero col capo sul cuscino della corona. L'afa dell'oratorio, l'amplesso violento in cui erano assorti, li soffocavano.

«Resta qui», diceva Elisenda con voce fievole. «Non posso alzarmi: la mia fronte suda piombo bollente e il mio seno stilla rugiada di manna. Vorrei morire adesso, vorrei che la mia vita si sciogliesse fra le tue braccia, dolce, mesta, serena come una cadenza d'arpa, come gli ultimi accordi di un organo...»

«Se io morissi ora,» rispondeva Estebano, «l'angelo sarebbe già accanto a me;» e le lagrime inumidivano le loro labbra, che si parlavano unite... La fiamma del cero non guizzava più, ma diveniva più fioca; il pavimento dell'oratorio era già immerso in una fluttuante penombra.

«La luce muore» disse Elisenda.
«Lasciala morire» rispose Estebano; «quando saremo nel buio, le tue labbra mi parranno più dolci...»

Un ribrezzo vago s'agitava ne' loro fianchi, sotto il pesante incubo degli ornamenti reali...

L'oscurità era fitta...

Elisenda gridò: «Ah! questa cintura m'abbrucia!...» e divennero muti.

Il lucignolo della torcia era mezzo affogato nella cera liquida che affluiva intorno ad esso come un lago oleoso; quando quella cera traboccò giù dal candelabro, la fiamma si ravvivò come per incanto e brillò luminosissima e fissa.

Estebano guardò Elisenda che non profferiva parola; poi, con un supremo sforzo, si levò e corse alla fiamma del cero colla pergamena spiegata. Un lampo dell'anima gli rivelò la scrittura. Lesse: «Quand'io morrò, morranno i troni di Spagna».

La fiamma vacillò, Estebano rabbrividì. C'erano ancora due versi che bisognava leggere... gli occhi del giovanetto s'offuscavano... gli pareva vedere Elisenda stesa a piè dell'altare, immobile e bianca, e avvolta in un fumo. Gli ultimi fili del lucignolo caddero nel lago di cera liquefatta, ma non si spensero. Estebano si chinò sulla fanciulla moribonda, concentrò in un impeto solo tutte le forze degli occhi e del pensiero; il fumo del lucignolo lo attossicava, un'acre angoscia gli salia nella gola. La fiammella scemava, scemava, e più che scemava, più diventava serena... A un tratto apparvero chiare queste parole sulla pergamena:

Ho sulla cima il mele

E in fondo il veleno dell'Upas.

La fiamma si spense.

L'orologio di legno batte tre colpi spaventosi.

Estebano cadde.

Brillava ancora sul fumido lucignolo un'ultima brage. Era l'occhio sanguigno delle tenebre. Dopo qualche minuto secondo s'udì per terra lo strisciare d'un corpo che si trascinava penosamente... poi due baci... poi uno stridor di mascelle tremanti...

L'ultima brage si spense. Tutto ripiombò nella notte: tutto ripiombò nel silenzio.

Un'ora prima dell'alba il gallo di montagna cantò come per interrogare un mistero.

V

Molti e molti anni dopo il dramma senza data che or finimmo di raccontare, sorgeranno in Ispagna questi avvenimenti:

Un poeta si ricorderà dell'anno 613, quando il re Egica, prosternato colla faccia a terra davanti i vescovi cattolici, si sentì sulla nuca premere le calcagna di quei santi.

Un altro poeta si ricorderà dell'anno 730, quando l'Oriente calò sull'Iberia con tutte le sue mollezze e con tutte le sue pestilenze.
Un altro poeta si ricorderà dell'anno 1578, quando l'invincibile armada fu distrutta dal mare, cioè da Dio.

Un altro poeta si ricorderà dell'anno 1879, e un altro si ricorderà anche dell'augusto secolo presente, e sorgerà per la Spagna intera un forte ed armonioso ridestamento d'idee.

S'alzerà un filosofo che parlerà così alle turbe raunate nei giardini di Madrid:

«Spagnuoli! Un cieco istinto di sommissione verso i troni e verso la Chiesa fu il peccato mortale della nostra razza. Noi abbiamo sonnecchiato sei secoli nel culto delle fedi antiche. Guardate com'è già lontana da noi la spira luminosa del progresso.

«Fin dalle prime aurore del 1500 cominciò in Europa l'assalto contro gli errori e i pregiudizi degli avi.

«Mentre l'intelletto umano compiva atti prodigiosi, mentre le scoperte s'accumulavano su tutti i punti dell'orizzonte mercé la indomabile energia del progresso, la Spagna continuava a dormire, impassibile, incurante, vanagloriosa, sull'estremo punto d'Europa, incarnazione letargica del Medio Evo...».

E allora la turba briaca non aspetterà la conclusione del discorso e si getterà a capo chino, come il toro dell'anfiteatro, in una corsa furibonda e feroce. E il severo filosofo rimarrà solo, mesto, deluso, a fronte dell'Idea.

La turba irruente, colla bava dei torrenti alla bocca, armata di scuri e di pugnali, salirà alla devastazione dei troni.

Allora, un truce, un vecchio assassino si ricorderà alla sua volta che sull'alto d'una certa montagna d'Estremadura s'era rifugiata una razza di re discendenti da Urraca di Castiglia.

La turba correrà alla montagna, assalirà gli spaldi, troverà lo scheletro d'un cavallo legato sulla cui gualdrappa si potrà ancora vedere lo stemma castigliano. La turba colle picche in pugno salirà le scale, demente, furente; cercherà nei penetrali più remoti del castello le tracce dei figliuoli dei re.

Finalmente giungerà all'oratorio, spalancherà la porta, invaderà quel tenebroso asilo di preganti, che sarà ad un tratto rischiarato dalle torve faci della rivolta.

Allora appariranno agli sguardi della turba due figure di re, coronate e coperte di porpora e abbracciate l'una all'altra come nello sgomento e nell'amore.

Un rosso demagogo toglierà loro dal capo le corone e palperà loro la testa; poi dirà alla plebe impaziente:

«Gettate pur le mannaie; costoro sono morti da mezzo secolo.»

L'ALFIER NERO

Chi sa giocare a scacchi prenda una scacchiera, la disponga in bell'ordine davanti a sé ed immagini ciò che sto per descrivere.

Immagini al posto degli scacchi bianchi un uomo dal volto intelligente; due forti gibbosità appaiono sulla sua fronte, un po' al di sopra delle ciglia, là dove Gall mette la facoltà del calcolo; porta un collare di barba biondissima ed ha i mustacchi rasi com'è costume di molti americani. È tutto vestito di bianco e, benché sia notte e giuochi al lume della candela, porta un pince-nez affumicato e guarda attraverso quei vetri la scacchiera con intensa concentrazione. Al posto degli scacchi neri c'è un negro, un vero etiopico, dalle labbra rigonfie, senza un pelo di barba sul volto e lanuto il crine come una testa d'ariete; questi ha pronunziatissime le bosses dell'astuzia, della tenacità; non si scorgono i suoi occhi perché tien china la faccia sulla partita che sta giuocando coll'altro. Tanto sono oscuri i suoi panni che pare vestito a lutto. Quei due uomini di colore opposto, muti, immobili, che combattono col loro pensiero, il bianco con gli scacchi bianchi, il negro coi neri, sono strani e quasi solenni e quasi fatali. Per sapere chi sono bisogna saltare indietro sei ore e stare attenti ai discorsi che fanno alcuni forestieri nella sala di lettura del principale albergo d'uno fra i più conosciuti luoghi d'acque minerali in Isvizzera. L'ora è quella che i francesi chiamano entre chien et loup. I camerieri dell'albergo non avevano ancora accese le lampade; i mobili della sala egli individui che conversavano, erano come sommersi nella penombra sempre più folta del crepuscolo; sul tavolo dei giornali bolliva un samovar su d'una gran fiamma di spirito di vino. Quella semi-oscurità facilitava il moto della conversazione; i volti non si vedevano, si udivano soltanto le voci che facevano questi discorsi:

- Sulla lista degli arrivati ho letto quest'oggi il nome barbaro di un nativo del Morant-Bay.

- Oh! un negro! chi potrà essere?

- Io l'ho veduto, milady: pare Satanasso in persona.

- Io l'ho preso per un ourang-outang.

- Io l'ho creduto, quando m'è passato accanto, un assassino che si fosse annerita la faccia.

- Ed io lo conosco, signori, e posso assicurarvi che quel negro è il miglior galantuomo di questa terra. Se la sua biografia non vi è nota, posso raccontarvela in poche parole. Quel negro nativo del Morant-Bay venne portato in Europa fanciullo ancora da uno speculatore, il quale, vedendo che la tratta degli schiavi in America era incomoda e non gli fruttava abbastanza, pensò di tentare una piccola tratta di grooms in Europa; imbarcò segretamente una trentina di piccoli negri, figliuoli dei suoi vecchi schiavi, e li vendé a Londra, a Parigi, a Madrid per duemila dollari l'uno. Il nostro negro è uno di questi trenta grooms. La fortuna volle ch'egli capitasse in mano d'un vecchio lord senza famiglia, il quale dopo averlo tenuto cinque anni dietro la sua carrozza, accortosi che il ragazzo era onesto ed intelligente, lo fece suo domestico, poi suo segretario, poi suo amico e, morendo, lo nominò erede di tutte le sue sostanze. Oggi questo negro (che alla morte del suo lord abbandonò l'Inghilterra e si recò in Isvizzera) è uno dei più ricchi possidenti del cantone di Ginevra, ha delle mirabili coltivazioni di tabacco e per un certo suo segreto nella concia della foglia, fabbrica i migliori zigari del paese; anzi guardate: questi vevay che fumiamo ora, vengono dai suoi magazzini, li riconosco pel segno triangolare che v'è impresso verso la metà del loro cono. I ginevrini chiamano questo bravo negro Tom o l'Oncle Tom perché è caritatevole, magnanimo; i suoi contadini lo venerano, lo benedicono. Del resto egli vive solo, sfugge amici e conoscenti; gli rimane al Morant-Bay un unico fratello, nessun altro congiunto; è ancora giovane, ma una crudele etisia lo uccide lentamente; viene qui tutti gli anni per far la cura delle acque.

- Povero Oncle Tom! Quel suo fratello a quest'ora potrebbe già essere stato decapitato dalla ghigliottina di Monklands. Le ultime notizie delle colonie narrano d'una tremenda sollevazione di schiavi furiosamente combattuta dal governatore britannico. Ecco intorno a ciò cosa narra l'ultimo numero del Times: "I soldati della regina inseguono un negro di nome Gall-Ruck che si era messo a capo della rivolta con una banda di 600 uomini ecc. ecc.".

- Buon Dio! - esclamò una voce di donna, - e quando finiranno queste lotte mortali fra i bianchi ed i negri?!

- Mai! - rispose qualcuno dal buio.

Tutti si rivolsero verso la parte di chi aveva profferito la sillaba. Là v'era sdraiato su d'una poltrona, con quella elegante disinvoltura che distingue il vero gentleman dal gentleman di contraffazione, un signore che spiccava dall'ombra per le sue vesti candidissime.

- Mai, - riprese quando si sentì osservato, - mai, perché Dio pose odio fra la razza di Cam e quella di Iafet, perché Dio separò il colore del giorno dal color della notte. Volete udire un esempio di questo antagonismo accanito fra i due colori? Tre anni fa ero in America e combattevo anch'io per la "buona causa", volevo anch'io la libertà degli schiavi, l'abolizione della catena e della frusta, ben che possedessi nel Sud buon numero di negri. Armai di carabine i miei uomini, dicendo loro: "Siete liberi. Ecco una canna di bronzo, delle palle di piombo; mirate bene, sparate giusto, liberate i vostri fratelli". Per istruirli nel tiro avevo innalzato un bersaglio in mezzo ai miei possedimenti. Il bersaglio era formato da un punto nero, grosso una testa, in un circolo bianco. Lo schiavo ha l'occhio acutissimo, il braccio forte e fermo, l'istinto dell'agguato come il jaguar, in una parola tutte le qualità del buon tiratore, ma nessuno di quei negri colpiva nel segno, tutte le palle escivano dal bersaglio. Un giorno, il capo degli schiavi, avvicinandosi a me, mi diede nel suo linguaggio figurato e fantastico questo consiglio: "Padrone, mutate colore; quel bersaglio ha una faccia nera, fategli una faccia bianca e colpiremo giusto". Mutai la disposizione del circolo e feci bianco il centro; allora su cinquanta negri che tirarono, quaranta colsero così... - e dicendo queste ultime parole il raccontatore prese una pistoletta da sala ch'era sul tavolo, mirò, per quanto l'oscurità glielo permise, ad un piccolo bersaglio attaccato al muro opposto e sparò. Le signore si spaventarono, gli uomini corsero alla fiamma del samovar, la presero e andarono a constatare da vicino l'esito del colpo. Il centro era forato come se si fosse tolta la misura col compasso. Tutti guardarono stupefatti quell'uomo, il quale con una squisita cortesia domandò perdono alle dame della repentina esplosione, soggiungendo: - Volli finire con una immagine un po' fragorosa, altrimenti non mi avreste creduto.

Nessuno ardì dubitare della verità del racconto.

Poi continuò: - Ma combattendo per la libertà dei negri, mi sono convinto che i negri non sono degni di libertà. Hanno l'intelletto chiuso e gli istinti feroci. Il berretto frigio non dev'esser posto sull'angolo facciale della scimmia.

- Educateli - rispose una signora - e il loro angolo facciale si allargherà. Ma perché ciò avvenga non opprimeteli, schiavi, con la vostra tirannia, liberi, col vostro disprezzo. Aprite loro le vostre case, ammetteteli alle vostre tavole, ai vostri convegni, alle vostre scuole, stendete loro la mano.

- Consumai la mia vita a ciò, signora. Io sono una specie di Diogene del Nuovo Mondo: cerco l'uomo negro, ma finora non trovai che la bestia.

In questo momento comparve sull'uscio un cameriere con una gran lampada accesa; tutta la sala fu rischiarata in un attimo. Allora si vide in un angolo, seduto, immobile, l'Oncle Tom. Nessuno sapeva ch'egli fosse nella sala, l'oscurità l'aveva nascosto; quando tutti lo scorsero fecesi un lungo silenzio. Gli sguardi degli astanti passavano dal negro all'Americano. L'Americano si alzò, parlò all'orecchio del cameriere e tornò a sedersi. Il silenzio continuava. Il cameriere rientrò con una bottiglia di Xeres e due bicchieri. L'Americano riempì fino all'orlo i due bicchieri, ne prese uno in mano: il cameriere passò coll'altro dal negro.

- Signore, alla vostra salute! - disse l' Americano al negro, alzando il bicchiere verso di lui come insegna il rito della tavola inglese.

- Grazie, signore; alla vostra! - rispose il negro e bevettero tutti e due. Nell'accento del negro v'era una gentilezza tenera e timida e una grande mestizia. Dopo quelle quattro parole si rituffò nel suo silenzio, s'alzò, prese dal tavolo de' giornali l'ultimo numero del Times e lesse con viva attenzione per dieci minuti.

L'Americano, che cercava un pretesto per ritentare il dialogo, si diresse verso l'angolo dove leggeva Tom, e gli disse con delicata cortesia:
- Quel giornale non ha nulla di gaio per voi, signore; potrei proporvi una distrazione qualunque?

Il negro cessò di leggere e s'alzò con dignitoso rispetto davanti al suo interlocutore.

- Intanto permettete ch'io vi stringa la mano, - riprese l'altro; - mi chiamo sir Giorgio Anderssen. Posso offrirvi un avana?

- Grazie, no; il fumo mi fa male.

Allora l'Americano, gettando lo zigaro che teneva fra le labbra, tornò a dimandare:

- Posso proporvi una partita al bigliardo?

- Non conosco quel giuoco; vi ringrazio, signore.

- Posso proporvi una partita agli scacchi?

Il negro titubò, poi rispose: - Sì, questa l'accetto volentieri - e s'avviarono a un piccolo tavolo da giuoco che stava all'angolo opposto della sala; presero due sedie, si sedettero l'uno di fronte all'altro. L'Americano gettò i pezzi e le pedine sul panno verde del tavolino per distribuirli ordinatamente sulla scacchiera. La scacchiera era un arnese qualunque a quadrati di legno grossolanamente intarsiati, ma gli scacchi erano dei veri oggetti d'arte. I pezzi bianchi erano d'avorio finissimo, i neri d'ebano, il re e la regina bianchi portavano in testa una corona d'oro, il re nero e la regina nera una corona d'argento, le quattro torri erano sostenute da quattro elefanti come nelle primitive scacchiere persiane. Il lavoro sottile di questi scacchi li riduceva fragilissimi. All'urto che presero quando l'Americano li riversò sul tavolo, l'alfiere dei neri si ruppe.

- Peccato! - disse Tom.

- È nulla - rispose l'altro - s'aggiusta subito. - E s'alzò, andò allo scrittoio, accese una candela, pigliò un pezzo di ceralacca rossa, la riscaldò, intonacò alla meglio i due frammenti dell'alfiere, li ricongiunse e riportò al compagno lo scacco aggiustato. Poi disse ridendo: - Eccolo! se si potesse riattaccare così la testa agli uomini!

- Oggi a Monklands molti avrebbero bisogno di ciò - rispose il negro sorridendo tetramente. L'accento di questa frase destò nell'Americano un'impressione di stupore, di compassione, di offesa, di ribrezzo.

Tom continuò: - Con che colore giuocate, signore?

- Coll'uno o coll'altro senza predilezione.

- Se ciò v' è indifferente, pigliamo ciascuno il nostro. A me i neri, se permettete.

- E a me i bianchi. Benissimo - e si misero a disporre i pezzi sulle loro case. S'aiutavano scambievolmente con eguale cavalleria nell'ordinamento de' loro scacchi; il negro, quando gli capitava, metteva a posto una pedina bianca, il bianco ricambiava la cortesia mettendo al loro posto alcuni pezzi neri. Quando furono tutti e due schierati, Anderssen disse: - Vi avverto che sono piuttosto forte; potrei chiedere di darvi il vantaggio di qualche pezzo, d'una torre, per esempio?

- No.

- D'un cavallo?

- Nemmeno. Mi piacciono le armi eguali s'anco è disuguale la forza. Apprezzo la vostra delicatezza, ma preferisco giuocare senza vantaggi di sorta.

- E sia. A voi il primo tratto.

- Alla sorte! - e il negro chiuse in un pugno una pedina nera e nell'altro pugno una pedina bianca; poi diede a indovinare all'Americano.

- Questo.

- Ai bianchi il primo tratto. Incominciamo.

Intanto le persone che stavano nella sala si erano avvicinate una ad una verso il tavolo da giuoco.

Fra quelle persone v'era chi conosceva il nome di Giorgio Anderssen come quello d'uno fra i più celebri giuocatori a scacchi d'America e costoro prendevano un particolare interessamento alla scena che stava per incominciare. Giorgio Anderssen, originario d'una nobile famiglia inglese emigrata a Washington, si era fatto quasi milionario sulla scacchiera. Giovane ancora, aveva già vinto Harwitz, Hampe, Szen e tutti i più sapienti giuocatori dell'epoca. Questo era l'uomo che si misurava col povero Tom.

Prima che Anderssen avesse avuto tempo di muovere la prima pedina, il negro prese dalla sua destra la candela che era rimasta accesa sul tavolo da giuoco e la collocò a sinistra. Anderssen notò quel movimento e pensò meravigliato: "Quest'uomo ha certamente letto la Repeticio de Arte de Axedre di Lucena e segue il precetto che dice: Se giocate la sera al lume d'una candela, mettetela a sinistra; i vostri occhi saranno meno offesi dalla luce e avrete già un grande vantaggio a fronte dell' avversario"; e pensando ciò, prese i suoi occhiali affumicati e se li piantò sul naso; poi staccò la prima mossa. Indi si volse a coloro che s'erano fatti attorno e disse con gaia disinvoltura: - I primi movimenti del giuoco degli scacchi sono come le prime parole d'una conversazione, s'assomigliano sempre; eccoli: pedina bianca, due passi; pedina nera, due passi; poi gambitto di re ecc. ecc. ecc. - E così, ciarlando sbadatamente, fece la seconda mossa e mise avanti due passi la pedina dell'alfiere di re, aspettando che l'avversario gliela prendesse colla sua. Il negro non prese la pedina, ma invece con una mossa meno regolare difese la pedina propria sollevando il suo alfiere di re sulla terza casa della regina. Anderssen rimase un po' sorpreso anche di ciò e pensò: "Quest'uomo risparmia le pedine; segue il sistema di Philidor che le chiamava l'anima del giuoco".

Seguirono ancora cinque o sei mosse d'apertura; i due giuocatori si esploravano l'un l'altro come due eserciti che stanno per attaccarsi, come due boxeurs che si squadrano prima della lotta. L'Americano, abituato alle vittorie, non temeva menomamente il suo antagonista; sapeva inoltre quanto l'intelletto d'un negro, per educato che fosse, poteva fievolmente competere con quello d'un bianco e tanto meno con Giorgio Anderssen, col vincitore dei vincitori. Pure non perdeva di vista il minimo segno del nemico; una certa inquietudine lo costringeva a studiarlo e, senza parere, lo andava spiando più sulla faccia che sulla scacchiera. Egli aveva capito fin dal principio che le mosse del negro erano illogiche, fiacche, confuse; ma aveva anche veduto che il suo sguardo e gli atteggiamenti della sua fronte erano profondi. L'occhio del bianco guardava il volto del negro, l'occhio del negro era immerso nella scacchiera. Non avevano giuocato in tutto che sette od otto mosse e già apparivano evidenti due sistemi diametralmente opposti di strategia.

La marcia dell'Americano era trionfale e simmetrica, rassomigliava alle prime evoluzioni d'una grande armata che entra in una grande battaglia; l'ordine, quel primo elemento della forza, reggeva tutto il giuoco dei bianchi. I cavalli, che dagli antichi erano chiamati i "piedi degli scacchi", occupavano uno l'estrema destra, l'altro l'estrema sinistra; due pedoni erano andati a ingrossare da una e dall'altra parte l'avamposto segnato dalla pedina del re; la regina minacciava da un lato, l'alfiere di re dall'altro lato, e il secondo alfiere teneva il centro davanti due passi del re e dietro le pedine. La posizione dei bianchi era più che simmetrica: era geometrica; l'individuo che disponeva così quei pezzi d'avorio, non giuocava a un giuoco, meditava una scienza; la sua mano piombava sicura, infallibile sullo scacco, percorreva il diagramma, poi s'arrestava al punto voluto colla calma del matematico che stende un problema sulla lavagna. La posizione dei bianchi offendeva tutto e difendeva tutto; era formidabile in ciò, che circoscriveva l'inimico a un ristrettissimo campo d'azione e, per così dire, lo soffocava. Immaginatevi una parete animata che si avanzi e pensate che i neri erano schiacciati fra la sponda della scacchiera e questa parete, poderosa, incrollabile.

A volte pare che anche le cose inanimate prendano gli atteggiamenti dell'uomo, il più frivolo oggetto può diventare espressivo a seconda di ciò che lo attornia. Ecco perché i pezzi d'ebano de' quali componevasi l'armata dei neri, parevano, davanti allo spaventoso assalto dei bianchi, colti anch'essi da un tragico sgomento. I cavalli, come adombrati, voltavano la schiena all'attacco, le pedine sgominate avevano perduto l'allineamento, il re che s'era affrettato ad arroccarsi, pareva piangere nel suo cantuccio il disonore della sua fuga. La mano di Tom, fosca come la notte, errava tremando sulla scacchiera.

Questo era l'aspetto della partita veduta dal lato dell'Americano. Mutiamo campo. Veduto dal lato del negro l'aspetto della partita si rovesciava. Al sistema dell'ordine sviluppato dall'apertura dei bianchi, il negro contrapponeva il sistema del più completo disordine; mentre quegli si schierava simmetrico, questi si agglomerava confuso, quegli poneva ogni sua forza nell'equilibrio dell'offesa e della difesa, questi aumentava a ogni passo il proprio squilibrio, il quale, pel crescente ingrossar della sua massa, diventava esso pure, in faccia allo schieramento dei bianchi, una vera forza, una vera minaccia. Era la minaccia della catapulta contro il muro del forte, della carica contro il carré: mano mano che la parete mobile del bianco s'avanzava, il proiettile del negro si faceva più possente. I due eserciti erano completi uno a fronte dell'altro; non mancava né un solo pezzo né una sola pedina, e codesta riserva d'ambe le parti era feroce. L'Americano non iscorgeva in sul principio nella posizione del negro che una inetta confusione prodotta dal timor panico del povero Tom; ma appunto per la sua inettitudine gli pareva che quella posizione impedisse un regolare e decisivo assalto. Ma il negro vedeva in quella confusione qualcosa di più: tutta la sua natural tattica di schiavo, tutta l'astuzia dell'etiopico era condensata in quelle mosse. Quel disordine era fatto ad arte per nascondere l'agguato, le pedine fingevano la rotta per ingannare il nemico, i cavalli fingevano lo sgomento, il re fingeva la fuga. Quello squilibrio aveva un perno, quella ribellione aveva un capo, quel vaneggiamento un concetto. L'alfiere che Tom aveva collocato fin dal principio alla terza casa della regina, era quel perno, quel capo, quel concetto. Le torri, le pedine, i cavalli, la regina stessa attorniavano, obbedivano, difendevano quell'alfiere. Era appunto l'alfiere ch'era stato rotto e aggiustato dall'Americano; un filo sanguigno di ceralacca gli rigava la fronte e, calando giù per la guancia, gli circondava il collo. Quel pezzo di legno nero era eroico a vedersi; pareva un guerriero ferito che s'ostinasse a combattere fino alla morte; la testa insanguinata gli crollava un po' verso il petto con tragico abbattimento; pareva che guardasse anche lui, come il negro che lo giuocava, la fatale scacchiera; pareva che guatasse di sott'occhi l'avversario e aspettasse stoicamente l'offesa o la meditasse misteriosamente. Nel cervello di Tom quello era il pezzo segnato della partita; egli vedeva colla sua immaginosa e acuta fantasia diramarsi sotto i piedi dell'alfier nero due fili, i quali, sprofondandosi nel legno del diagramma e passando sotto a tutti gli ostacoli nemici, andavano a finire come due raggi di mina ai due angoli opposti del campo bianco. Egli attendeva con trepidazione una mossa sola, l'arroccamento del re avversario, per dare sviluppo al suo recondito pensiero. Senza quella mossa tutto il suo piano andava fallito; ma era quasi impossibile che Anderssen commettesse quella mossa. Tom solo vedeva e sapeva la sua occulta cospirazione e nessun giuocatore al mondo avrebbe potuto indovinarla. Al vasto e armonico concepimento del bianco, il negro opponeva questa idea fissa: l'alfiere segnato; all'ubiquità ordinata delle forze dei bianchi i neri opponevano la loro farraginosa unità, al giuoco aperto e sano il giuoco nascosto e maniaco. Anderssen combatteva colla scienza e col calcolo, Tom colla ispirazione e col caso; uno faceva la battaglia di Waterloo, l'altro la rivoluzione di San Domingo. L'alfier nero era l'Ogè di quella rivoluzione.

La partita durava già da un paio d'ore; erano circa le nove della sera; alcune signore si allontanarono dalla scacchiera, stanche d'osservare, per darsi quale a un lavoro, quale a un ricamo, e quale, caricando e ricaricando la pistoletta da sala, si dilettava al piccolo bersaglio.

I due antagonisti erano sempre fissi al loro posto. L'Americano, che non vedeva ancora lo scaccomatto e che non capiva la selvaggia tattica del negro, cominciava ad annoiarsi e a pentirsi dell'eccessiva cortesia che l'aveva spinto a quella partita. Avrebbe voluto finirla presto a ogni costo, anche a costo di perdere; ma dall'altra parte il suo orgoglio di razza glielo impediva; un bianco e un gentiluomo non poteva esser vinto da uno schiavo; inoltre la sua coscienza di gran giuocatore e il lungo studio de' scacchi non gli permetteva di fare un passo che non fosse pensato. Giunto alla quindicesima mossa, s'accorse che il suo re non s'era ancora arroccato, alzò le mani, colla sinistra sollevò il re, con la destra la torre, e stava per compiere il movimento quando scorse nell'occhio del negro un ilare lampo di speranza; non indovinò la ragione; stette ancora coi due scacchi per aria studiando la partita, titubò; l'occhio di Tom seguiva affannosamente, fra la gioia e il timore, i più piccoli segni delle due mani, bianche come l'avorio che serravano. Anderssen, turbato, stava per rimettere al loro posto di prima i due pezzi, quando il negro esclamò vivamente:

- Pezzo toccato, pezzo giuocato.

- Lo sapevo - rispose in modo urbano ma secco, mentre cercava ancora un sotterfugio per evitare la mossa, senza darsene precisamente ragione; ma i pezzi toccati erano due, bisognava giuocarli tutti e due: il codice del giuoco parlava chiaro; non era possibile altro passo che l' arroccamento. Anderssen si arroccò alla calabrista, come dice il gergo della scienza, cioè pose il re nella casa del cavallo e la torre nella casa dell'alfiere. Poi piantò gli occhi nel volto del nemico. Il negro, fatta che vide la mossa tanto sperata e tanto attesa, tornò a fissare più intensamente che mai l'alfiere segnato, e acceso dalla emozione e dalla sua natura tropicale, non si curava né anche di temperare gli slanci della sua fisionomia. Correva su e giù coll'occhio dall'alfier nero al re bianco, facendo e rifacendo venti volte la stessa via quasi volesse tirare un solco sulla scacchiera. Anderssen vide quelle occhiate, le seguì, notò l'alfiere, indovinò tutto; ma sulla sua faccia non apparve un indizio solo di quella scoperta. Del resto Tom non guardava mai l'Americano; era sempre più invaso dall'idea fissa che lo dominava, Tom in quella stanza non vedeva che una scacchiera, in quella scacchiera non vedeva che uno scacco: fuor di quel piccolo quadrato nero e di quella figura d'ebano, nessuno e nulla esisteva per esso. Coi pugni serrati s'aggrappava agli ispidi capelli, sostenendosi così la testa, appoggiato coi gomiti alla sponda del tavolo; la pelle delle sue tempie, stiracchiata dalla pressione che facevangli i polsi delle due braccia, gli rialzava l'epiderme della fronte; le palpebre, in quel modo stranamente allungate all'insù, mostravano scoperto in gran parte il globo opaco e bianchissimo de' suoi occhi. In questo atteggiamento stette maturando il suo colpo per ben quaranta minuti, immoto, avido, trionfante; poscia attaccò; prese una pedina all'avversario e gli offese un cavallo. L'Americano aveva previsto il colpo. Il fuoco era incominciato. A quella prima scarica rispose un'altra dell'Americano, il quale prese la pedina nera e offese la torre;

cinque, sei mosse si seguirono rapidissime, accanite. La vera lotta principiava allora. A destra, a sinistra della scacchiera vedevansi già alcuni pezzi e alcune pedine messe fuori di combattimento, primi trofei dei combattenti; l'assalto lungamente minacciato irruppe in tutta la sua violenza; da una parte e dall'altra si diradavano i ranghi, un pezzo caduto ne trascinava un altro, i bianchi facevano la vendetta dei bianchi, i neri facevano la vendetta de' neri, un bianco prendeva ed era preso da un nero, un nero offendeva ed era offeso da un bianco; mai la legge del taglione non fu meglio glorificata. Anderssen cominciava anch'esso a eccitarsi. Egli aveva tutto preveduto, tutto combinato prima; appena scoperta la trama di Tom, durante quei quaranta minuti nei quali Tom immaginava il suo colpo fatale, Anderssen aveva letto nelle sue intenzioni e aveva risposto al primo urto in modo da condurre il negro di pezzo in pezzo a una posizione senza dubbio attraentissima e favorevolissima pel negro stesso; ma voleva trarlo a quella posizione a patto di sacrificargli l'alfiere. Anderssen sapeva già che, tolto l'alfiere, Tom non avrebbe più saputo continuare.

V'hanno degli entomati che non sanno due volte tessersi la larva, dei pensatori che non sanno rifar da capo un concetto, dei guerrieri che non sanno ricominciar la pugna: Anderssen pensava ciò intorno al suo antagonista.

Giunto al varco dove l'Americano l'attendeva, Tom non vacillò un momento, rinunciò alla posizione, sacrificò invece dell'alfiere un cavallo, costrinse l'avversario a distruggere le due regine e la partita mutò aspetto completissimamente.

Il pieno della mischia era cessato, i morti ingombravano le due sponde nemiche, la scacchiera s'era fatta quasi vuota, all'epica furia degli eserciti numerosi era succeduta l'ira suprema degli ultimi superstiti, la battaglia si mutava in disfida. Ai bianchi rimanevano due cavalli, una torre e l'alfiere del re; al negro rimanevano due pedine e l'alfiere segnato.

Erano le undici. Evidentemente i neri avrebbero dovuto abbandonare il giuoco. Gli astanti, vedendo la partita condotta a questi termini, salutarono i due giuocatori e, congratulandosi con Anderssen, escirono dalla stanza e andarono a letto.

Rimasero soli, faccia a faccia, i due personaggi nostri.

Anderssen chiese al negro: - Basta?

Il negro rispose quasi urlando: - No! - e fece un movimento; poi nella sua agitazione, volle mutarlo...
Anderssen lo interruppe, dicendogli con ironica intenzione:

- Casa toccata, pezzo lasciato.

Tom obbedì. Ripiombarono nel più sepolcrale silenzio. La sicurezza della vittoria faceva Anderssen nuovamente annoiato, e già la testa cominciava a infiacchirglisi e il sonno a offuscarlo.

Tom era sempre più desto, sempre più acceso e sempre più cupo.

L'alfier nero stava in mezzo alla nuda scacchiera, ritto, deserto, abbandonato dai suoi; una pedina soltanto gli era rimasta per difenderlo dagli attacchi della torre; le altre due pedine erano avanzatissime nel campo dei bianchi: una di queste toccava già la penultima casa. Tom pensava. Le lucerne della sala si oscuravano. Non s'udiva altro rumore fuor che quello d'un grande orologio che pareva misurare il silenzio. Scoccava la mezzanotte quando l'ultima lampada si spense; quel vasto locale rimase illuminato dalla sola candela che ardeva sul tavolo dei giuocatori. Anderssen cominciava a sentire il freddo della notte. Tom sudava.

Il selvaggio odore della razza negra offendeva le nari dell'Americano.

Vi fu un momento che in fondo al giardino si udì cantarellare il bananiero di Gotschalk da un forestiere attardato che ritornava all'albergo; Tom si rammentò quella canzone, una nuvola di lontanissime memorie si affacciò al suo pensiero; vide un banano gigante rischiarato dall'aurora dei tropici e fra quei rami un hamac che dondolava al vento, in questo hamac due bamboli negri addormentati e la madre inginocchiata al suolo che pregava e cantava quella blandissima nenia. Stette così dieci minuti, rapito in queste rimembranze, in questa visione; poi quando tornò il silenzio profondo, riprese la contemplazione dell'alfiere.

Vi è una specie di allucinazione magnetica che la nuova ipnologia classificò col nome di ipnotismo ed è un'estasi catalettica, la quale viene dalla lunga e intensa fissazione d'un oggetto qualunque. Se si potesse affermare evidentemente questo fenomeno, le scienze della psicologia avrebbero un trionfo di più: ci sarebbe il magnetismo, che prova la trasmissione del pensiero, il così detto spiritismo che prova la trasmissione della semplice volontà sugli oggetti inanimati, l'ipnotismo che proverebbe l'influenza magnetica delle cose inanimate sull'uomo. Tom pareva colto da questo fenomeno. L'alfier nero lo aveva ipnotizzato. Tom era terribile a vedersi: egli si mordeva convulsivamente le labbra, aveva gli occhi fuori dell'orbita, le gocce di sudore gli cadevano dalla fronte sulla scacchiera. Anderssen non lo guardava più, perché l'oscurità era troppo fitta e perché anche esso, come attirato dalla stessa elettricità, fissava l'alfier nero.

Per Tom la partita poteva dirsi perduta; non erano le combinazioni del giuoco che lo facevano così commosso, era l'allucinazione. Lo scacco nero, per Tom che lo guardava, non era più uno scacco, era un uomo; non era più nero, era negro. La ceralacca rossa era sangue vivo e la testa ferita una vera testa ferita. Quello scacco egli lo conosceva, egli aveva visto molti anni addietro il suo volto, quello scacco era un vivente... o forse un morto. No; quello scacco era un moribondo, un essere caro librato fra la vita e la morte.

Bisogna salvarlo! salvarlo con tutta la forza possibile del coraggio e della ispirazione. All'orecchio del negro ronzava assiduamente come un orribile bordone quella frase che l'Americano aveva detto ridendo, prima d'incominciare la partita: Se si potesse riattaccare così la testa ad un uomo! e quell'incubo aumentava l'allucinazione sua.

La fronte di quella figura di legno diventava sempre più umana, sempre più eroica, toccava quasi all'ideale e, passando da trasfigurazione in transumanazione, da uomo diventava idea, come da scacco era diventata uomo. L'idea fissa era ancora là, nel centro dell'anima del negro, sempre più innalzata, sempre più sublimata. Da mania si era mutata in superstizione, da superstizione in fanatismo. Tom era in quella notte, in quel momento la sintesi di tutta la sua razza.

Passarono così altre quattro ore, mute come la tomba: due morti o due assopiti avrebbero fatto più rumore che non quei due uomini che lottavano così furiosamente. Il pugilato del pensiero non poteva essere più violento: le idee cozzavano l'una contro l'altra; i concetti cadevano strozzati da una parte e dall'altra. I volti non si guardavano più, le due bocche tacevano. A una certa mossa l'alfier nero perdette terreno, la torre bianca colla sua marcia potente e diritta lo offendeva e a ogni passo minacciava di coglierlo. L'alfiere schivava obliquamente con degli slanci da pantera la sua formidabile persecutrice; Anderssen seguiva perplesso la corsa furibonda dell'alfiere spingendo sempre più avanti il suo pezzo e rinserrando il pezzo nemico verso un angolo della scacchiera. Questa fuga febbrile, ansante, durò un'intera mezz'ora; i due re anch'essi prendevano parte in questa frenetica scherma; e lottando anch'essi l'uno contro l'altro, parevano due di quegli antichi re leggendari d'Oriente che si vedevano errare dopo la battaglia sul campo abbandonato, cercandosi e avventandosi fra loro tragicamente.

Dopo mezz'ora la scacchiera aveva di nuovo mutato faccia; la fuga dell'alfiere e lo sconvolgimento dei due re, della torre e delle pedine avevano trascinato cosifattamente i pezzi fuori dai loro centri, che il re bianco era andato a finire nel campo nero, sull'estremo quadrato a sinistra; il re nero gli stava a due passi sulla casa stessa del proprio alfiere. Anderssen, abbagliato dalle evoluzioni fantastiche dell'alfier nero, continuava ancora a inseguirlo, a rinserrarlo, a soffocarlo.

A un tratto lo colse! lo afferrò, lo sbalzò dalla scacchiera assieme agli altri pezzi guadagnati e guardò in faccia con piglio trionfante la sconfitta nemica.

Erano le cinque del mattino. Spuntava l'alba. La faccia del negro brillava d'uno splendore di giubilo. Anderssen, nella foga della caccia al pezzo fatale, aveva dimenticato la pedina nera che stava sulla penultima casa dei bianchi alla sua destra. Quella pedina era là già da quattro ore ed egli ne aveva sempre differita la condanna. Quando Anderssen vide quella gran gioia sul volto del negro, tremò; abbassò con rapida violenza gli occhi sulla scacchiera.

Tom aveva già fatta la mossa. La pedina era passata regina? No. La pedina era passata alfiere, e già l'alfiere segnato, l'alfier nero, l'alfiere insanguinato, era risorto e aveva dato scacco al re bianco. Il negro guardò alla sua volta con orgoglio la scacchiera. Anderssen stette ancora un minuto secondo attonito: il suo re era offeso obliquamente per tutta la diagonale nera del diagramma; da un lato l'altro re gli chiudeva il riparo, dall'altro lato era inceppato da una sua stessa pedina. Il colpo era mirabile! Scaccomatto!

Tom contemplava estatico la sua vittoria. Giorgio Anderssen spiccò un salto, corse al bersaglio, afferrò la pistola, sparò.

Nello stesso momento Tom cadde per terra. La palla l'aveva colpito alla testa, un filo di sangue gli scorreva sul volto nero, e colando giù per la guancia, gli tingeva di rosso la gola e il collo. Anderssen rivide in quest'uomo disteso a terra l'alfier nero che lo aveva vinto.

Tom agonizzando pronunciò queste parole: - Gall-Ruck è salvo... Dio protegge i negri...- e morì.

Due ore dopo il cameriere che entrò nella sala per dar ordine ai mobili, trovò il cadavere del negro per terra e lo scaccomatto sul tavolo.

Giorgio Anderssen era fuggito.

Venti giorni dopo arrivava a New York, e là, incalzato dai rimorsi, si era costituito prigioniero e denunciato come assassino di Tom.

Il Tribunale lo assolse, prima perché l'assassinato non era che un negro e perché non poteva sussistere l'accusa di omicidio premeditato; poi perché il celebre Giorgio Anderssen si era denunciato da sé, infine perché si era scoperto nelle indagini giudiziarie che il negro ucciso era fratello di un certo Gall-Ruck che aveva fomentata l'ultima sollevazione di schiavi nelle colonie inglesi, quel Gall-Ruck che fu sempre inseguito e non si poté mai trovare.

Anderssen rientrò nelle sue terre col rimorso nel cuore non alleggerito dalla più tenue condanna.

Dopo la catastrofe che raccontammo giuocò ancora a scacchi, ma non vinse più. Quando si accingeva a giuocare, l'alfier nero si mutava in fantasma. Tom era sulla scacchiera! Anderssen perdé al giuoco degli scacchi tutte le ricchezze che con quel giuoco aveva guadagnate.

In questi ultimi anni povero, abbandonato da tutti, deriso, pazzo, camminava per le vie di New York facendo sui marmi del lastricato tutti i movimenti degli scacchi, ora saltando come un cavallo, ora correndo dritto come una torre, ora girando di qua, di là, avanti e indietro come un re e fuggendo a ogni negro che incontrava.

Non so s'egli viva ancora.

IL PUGNO CHIUSO

Nel settembre del 1867 viaggiavo in Polonia per certa missione medica che mi era stata affidata; doveva fare delle ricerche e degli studi intorno ad una fra le più spaventose malattie che rattristano l'umanità: la plica polonica. Benché questo morbo sia circoscritto nella sola Polonia i suoi strani effetti ed il suo nome sono conosciuti, anche dai profani della scienza, per ogni parte d'Europa; fosserci così pure palesi le sue cause ed i suoi rimedi. V'ha chi sostiene che questa malattia de' capelli sia epidemica, adducendo ad esempio alcune località lungo la Vistola che ne sono infestate; altri asseriscono che sia prodotta dall'immondezza dei contadini polacchi e dall'uso tradizionale fra quelle genti del tener lunghe le chiome. Una prova in favore di questa seconda opinione si è che la plica apparisce come un flagello esclusivo della più bassa plebe, della più lorda genìa dei servi, dei vagabondi, dei mendicanti. L'avere la plica è in Polonia un titolo per dimandare l'elemosina.

La mia missione mi portava per necessità in pieno conventicolo di tenants, in piena familia contagii. Accettai risolutamente il dovere e incominciai le ricerche.

Appunto nel mese di settembre si solennizzano in quei paesi le feste della Madonna di Czen- stokow; questa piccola città gloriosa pel suo antico santuario diventa a que' giorni il ritrovo dei polacchi di Varsavia, di Cracovia, di Posen, e la dilaniata nazione si ricongiunge così per breve ora, idealmente, nella unità della preghiera.

Traggono a frotte, a turbe, dai confini austriaci, dai confini prussiani i devoti, quali a piedi, quali in briska, arrivano alla villa santa, salgono la collina della chiesa pregando, varcano i massicci muri di cinta, che fanno di quel sacro asilo una vera piazza forte da sostenere assalti e battaglie, poi giunti al sommo si prosternano davanti alla porta del tempio; poi s'avanzano chini, compunti e si gettano giù colla faccia sui marmi dell'altare. Molti pregano da quella bruna Madonna tempestata di gemme la salute della povera patria; altri più egoisti perché più sventurati domandano la loro propria salute, il risanamento di qualche loro infermità e abbondano i paralitici, i ciechi, gli storpi, gl'idropici, i cronici d'ogni specie e fra costoro v'ha pure la lurida torma dei malati di plica. Questi ultimi, protetti dallo stesso ribrezzo che incutono, attraversano la folla stipata, la quale s'allarga schivando il loro passaggio, ed arrivano così fino alle più ambite vicinanze dell'altare. Là sotto il riverbero delle lampade d'oro, fra il caldo vapore dei profumi sacri, picchiandosi il petto e la fronte urlano come ossessi le loro preci e gesticolano freneticamente, poi se ne ritornano e si schierano fuori dell'ingresso principale per chiedere l'elemosina a chi esce.

L'anno 1867 ero anch'io alle feste di Czenstokow: la certezza di trovare ivi materia pe' miei studi mi aveva tratto in mezzo alla pia baraonda. Infatti i soggetti di plica non mancavano; quando io giunsi erano già tutti al loro posto in doppia fila lungo la gradinata dell'atrio, strillando la loro nenia e invocando un kopiec in nome della Vergine. Immondi, orribili tutti, col loro ciuffo irto sulla fronte (e quale l'avea biondo e quale nero e quale canuto) parevano schierati là per ordine mio.

Li squadrai rapidamente, gettai a terra davanti ad essi una moneta di rame, ed entrai nella chiesa. Non avevo camminato dieci passi sotto la vòlta del santuario quando udii fuor della porta un feroce baccano come di veltri latranti e di pietre percosse e in mezzo al tumulto la parola przeklety (maledetto) urlata con beffardo repetio. Mi volsi verso la parte di dove veniva il tafferuglio ed escii. Un odioso spettacolo fu quello che io vidi.

Vidi un gruppo ululante di cenciosi arruffati in terra circa sul luogo dove avevo gittato il kopiec.

Su quel confuso allacciamento di persone non apparivano che le teste nefande e le braccia furenti.

Alcuni stringevano in mano una pietra e s'avventavano con quella su qualche ignota cosa che l'intera massa del gruppo celava.

«Dài al rosso! dài al maledetto! Dài al patriarca», gridavano alcuni.

«Dài al ladro dei poveri! dài al tesoriere!» strillavano altri.

«Quel kopiec non è per te. Tu hai già il fiorino rosso di Levy».

«Ammazza! Paw è un impostore, ha la plica finta; l'ho visto io ingommarsi i capelli per parer più bello di noi».

«Tiraglieli!» ed allora un vecchio accattone membruto si gettò in mezzo a quel brulicame e con voce più minacciosa degli altri gridò:

«Paw! apri quel pugno o ti tiro pel ciuffo» E accompagnò con un gesto la minaccia.

In quel momento (pari ad una molla che scatta, dopo essere stata con violenza compressa) sorse dal suolo un uomo lungo, nervoso, giallastro, magrissimo. Il suo balzo fu tale che tutti coloro che gli stavano sopra percuotendolo, stramazzarono a terra in un lampo. I capelli di quest'uomo erano più orrendi degli altri per la loro tinta rossastra e per la loro smisurata lunghezza; parevano sulla fronte di quel disgraziato una mitria sanguinosa, alta e dura. Forse per ciò lo chiamavano il patriarca. Non avevo mai visto un caso più spaventoso di plica. Quell'uomo mitrato, erto, immobile sul floscio branco dei mendicanti caduti, protendeva orizzontalmente le braccia come una croce viva e serrava le pugna con rigido atteggiamento. Dopo un istante aperse il pugno sinistro, lasciò cadere il kopiec, non disse parola.

«Apri anche l'altro», gridavano in coro gli accattoni sghignazzando, ma l'altro pugno restò chiuso. Paw calò con lentezza le braccia e s'avviò verso la discesa della collina. Mentre si allontanava una tempesta di ciottoli e di bestemmie lo assaliva alle spalle. Io lo seguivo a trenta passi di distanza.

Quella scena mi aveva quasi atterrito, quel personaggio mi aveva commosso. La pietà che si scompagna di rado dall'egoismo della curiosità mi attirava verso quello sventurato. Egli camminava lento, sotto la mitraglia delle pietre, con passo grave da stoico. Io movevo veloce per raggiungerlo. Avevo dinanzi a me un meraviglioso problema di scienza e fors'anche un fatale argomento di dramma. Quel parìa dei mendicanti, quel patriarca della plica colle tempie così atrocemente segnate, quell'uomo vilipeso, percosso, a cui era tolto perfino l'estremo rifugio sociale, l'elemosina, quel lugubre Paw m'invadeva il pensiero. Avevamo percorso un buon tratto di collina, la bufera dei sassi era cessata. Giunto all'ultimo girone della discesa, il personaggio che seguivo s'arrestò, alzò il pugno destro al cielo in atto di rivolta e di dolore, indi riprese il cammino.

Gli stavo a due metri di distanza, lo chiamai: "Paw!".

Nell'udirsi chiamato accelerò il passo, paurosamente. Allora gli venni d'accosto e gli dissi:

«Amico. Eccoti dieci kopiechi, invece d'uno», e gli porsi il denaro. Paw mi guardò meravigliato e sclamò:

«La Santa Vergine di Czenstokow vi benedica, eccellente padrone, e dia la salute a voi e la pace ai vostri morti».

Sclamando ciò, egli si era curvato fino a terra per abbracciarmi le ginocchia, io mi ritrassi un poco.

Il sole tramontava, i lembi del colle erano immersi in un'ombra fresca, azzurrina che saliva lentamente come una tranquilla marea. La brezza della sera soffiava e mi scuoteva i capelli sul viso ma la chioma di Paw resisteva al vento come una roccia. Il berretto, che chi sa da quanti anni egli non poteva più tenere sul capo, gli pendeva al collo appeso ad uno spago.

«Buon uomo - gli dissi – l'ora è tarda ed hai mendicato abbastanza, vieni a riscaldarti lo stomaco con un bicchierino di acquavite».

«La Madonna del Santuario vi tenga sotto la sua buona guardia» mormorò e un caldo lampo di gratitudine brillò nella sua pupilla nervosa.

Poi che fummo discesi fino all'ingresso della città alla prima osteria che incontrammo entrai. Paw mi seguì.

La taverna, degna del dialogo che stava per incominciare, era un bugigattolo cupo, tutto impregnato di vapore denso. Sorgeva in un angolo una stufa gigantesca che fumava come un cosacco, e in un altro angolo sdraiato su d'un tavolo vedevasi un cosacco colla sua pipa in bocca che fumava come una stufa. L'immagine della Madonna era inchiodata alla parete di mezzo: un triste lumicino le ardeva davanti.

Mi accovacciai nel cantuccio più oscuro della taverna; accennai a Paw una sedia che mi stava di fronte. Comandai: rhum e acqua calda. Accesi due bicchieri di punch e ne porsi uno al mio uomo. La sera inoltrava, la fiamma del punch spandeva un riverbero verdognolo e vacillante sulla faccia scialba del mio commensale ch'io esaminavo curiosamente. Paw co' suoi capelli irti, coi suoi occhi spalancati, cadaverico, tremante, pareva il fantasma del Terrore. Dopo alcuni minuti di silenzio chiesi:

«Buon uomo, quando fu che ti venne questa brutta malattia?».

«La è una lunga storia, padrone».

«Tanto meglio, bevi un altro bicchiere di punch e narrala tutta».

«Questa pettinatura - riprese Paw sorridendo amaramente - mi venne per uno spavento ch'ebbi una notte che passai con Levy».

«Chi è Levy?».

«Il mio padrone lo ignora? forse che il mio padrone non è di questi paesi. Codesta di Levy la è un'altra lunga storia».

«Meglio due che una».

Dalle parole di Paw intravedevo già un fatto importante cioè, che la plica poteva essere la conseguenza d'uno spavento.

Tornai a indagare la chioma del mio malato; nel contemplarla a lungo un tale terrore mi colse che portai rabbrividendo le mie mani a' miei capelli, perché mi pareva che la plica fosse già sulla mia testa.

Guardai intorno e vidi l'osteria deserta, oste e cosacco esciti.

Paw ed io, soli, ci guardavamo in faccia.

Finalmente Paw ruppe il silenzio così:

«Padrone mio; ecco la storia di Levy»:

(Paw narrava la storia che segue con tanta esuberanza di particolari e con un dire così convinto e vivo che sembrava narrasse cose vedute, udite e toccate con mano. A volte trasaliva. Egli si compiaceva nel terrore del suo racconto, la sua parola, i suoi pensieri erano attratti dall'Orrido come da un abisso, un fuoco sinistro, gli brillava negli occhi. Eppure parlando soffriva. Su quell'uomo rivelavasi un riflesso di tragica intelligenza. Io non attenuerò qui menomamente il carattere bieco del suo stile, trascriverò la storia di Levy come l'udii narrare io stesso da quel mendicante, quella sera d'autunno, in quel fosco casolare polacco).

Simeòn Levy di Czenstokow viveva ancora dieci anni fa, ed era il più avaro usuraio del ghetto. Fin da ragazzo girovagava le contrade per raccogliere gli stracci che cadevano dalle finestre e in vent'anni ne radunò una quantità strabocchevole. Vendé i suoi stracci ad una cartiera prussiana pel prezzo, credo, di mille fiorini d'argento e con quel capitale in mano prestò ad usura. Fra i guadagni che ritraeva dai debitori e la sua innata avarizia arrivò in poco tempo a far, di mille, dieci- mila.

Levy si vestiva co' cenci che trovava per via, li cuciva insieme ingegnosamente e se ne faceva la tunica. "Cento piccole monete fanno un rublo, cento piccoli brandelli fanno un vestito" egli diceva. Levy mangiava regolarmente una volta ogni trent'ore, quando di giorno e quando di notte, con questo sistema egli economizzava, su d'uno spazio d'otto giorni, due giorni di cibo, e otto giorni sullo spazio di un mese.

Tutte le sue abitudini si subordinavano alle sue trent'ore; la giornata di Levy aveva sei ore di più che per gli altri uomini e la settimana un giorno di meno. Il giorno eliminato era il sabato. Lo chiamavano l'Ebreo senza sabato. Levy non riposava mai e per attendere alle sue faccende non abbadava al corso del sole, lo si vedeva correre per la città all'alba o al meriggio o di notte come portava il suo bizzarro calendario. Chi aveva a fare con Levy doveva sottomettersi non solo alla tirannia del suo per cento ma anche alla tirannia delle sue abitudini. "Il sole non è la mia lucerna" soleva ripetere. Intanto Levy arricchiva. Ogni decennio aumentava d'uno zero la cifra del suo capitale. A trent'anni non possedeva che 10.000 fiorini, a quaranta ne aveva 100.000, a cinquanta toccava il 1.000.000.

La notte che compì il mezzo secolo, salì nel solaio dove abitava, aperse lo scrigno e si mise a far conti. Contò pila per pila i ducati d'oro d'Olanda, gli imperiali di Russia, i talleri d'argento prussiani, contò fascio per fascio le banconote e le cambiali, beandosi alla vista del suo milione.

Già mezzo milione era contato, già settecento mila fiorini erano contati, già era contato quasi l'intero milione di fiorini, quando s'accorse che per fare la somma rotonda gli mancava un fiorino d'oro. Felice per la ricchezza che aveva sott'occhi e disperato ad un tempo pel fiorino che gli man- cava, si coricò. Non poteva chiuder occhio. Si rammentò con dispetto che una settimana prima era morto a Czenstokow un povero studente al quale egli aveva prestato ad usura. Il debito ammontava alla somma di un fiorino rosso (moneta equivalente ad un ducato d' oro) proprio la somma che gli mancava. Lo stato d'indigenza in cui era morto il debitore toglieva all'ebreo ogni speranza di ricuperare la moneta perduta; per ricuperarla Simeòn avrebbe volentieri dissotterrato il cadavere e venduto le misere ossa.

«La morte mi ha derubato (pensava Levy) a mia volta posso derubare la morte. Quello scheletro mi appartiene». Meditava già di far valere i suoi diritti sul funebre metro di terra sotto il quale stava sepolto in cimitero il debitore suo. Il fiorino rosso era nel centro del cervello di Levy come un ragno nel mezzo della sua tela, tutti i pensieri di Simeòn cadevano nel fiorino d'oro.

Quella moneta d'oro che non aveva, gli abbagliava la mente, come la macchia ritonda che resta nella pupilla dopo aver fissato il sole. Levy si riaffermò sempre più nell'idea di vendere il morto per riguadagnar la moneta e con questo pensiero da jena più che uomo, si addormentò.

Ed ebbe un sogno così violento che gli parve realtà.

Sognò che un amaro odore di putredine l'aveva desto e che una figura funerea gli stava davanti! Quell'orribile fantasma aveva le gambe allacciate dal legaccio mortuario, camminava a fatica e nella mano sinistra teneva un oggetto rotondo che brillava.

«Il mio fiorino rosso!» sclamò l'avaro. Era infatti un vecchio fiorino d'oro col conio di Sigismondo III e la data del 1613. Parve a Levy che il morto gli dicesse con voce soffocata dalla terra che gli otturava la bocca:

«Vengo a pagare il debito mio. Ecco il fiorino della tua usura».

L'ebreo tremava. Il morto replicò, il suo aspetto era terribile; portava sul capo una zolla del sepolcro, e le radici delle ortiche gli crescevano nelle fosse nasali, la sua parola d'offerta suonava come una minaccia. L'ebreo continuava a tremare. Il morto replicò una terza volta. Levy affascinato dalla luce del fiorino rosso, s'inginocchiò, stese la mano, il morto avvicinò la sua, la moneta cadde nel palmo dell'ebreo. Lo spettro scomparve; il sogno cessò. Levy si nascose sotto le coltri serrando stretto il fiorino d'oro nel pugno.

All'alba aperse gli occhi, saltò giù dal letto, corse allo scrigno per gettarvi la moneta che completava il milione, non poté, la mano gli si era rattratta durante la notte, né sapeva più disserrarla. I suoi muscoli facevano degli sforzi impotenti; il pugno s'era chiuso.

(Qui Paw sospese un istante il racconto, una forte emozione traspariva sul suo volto, gli versai ancora un bicchiere di punch, per rinfrancarlo. Bevette e i suoi occhi si rianimarono. Osservai per la terza volta che Paw pigliava sempre il bicchiere colla mano sinistra, e che la destra la teneva celata nella sua vecchia pelliccia di pelle di capra).

Paw continuò:
Il pugno era chiuso! Levy benché desto e in faccia alla luce del giorno, sentiva ancora gli orli del fiorino d'oro che gli premevano l'interno della mano. E poi la contorsione stessa del pugno provava evidentemente la realtà del prodigio.

Il milione era completo e questa idea lo beava tutto. Il fiorino che mancava nello scrigno ne lo possedeva, lo palpava, lo stringeva nel pugno. Pure avrebbe voluto vederlo, avrebbe voluto collocarlo insieme agli altri in d'una di quelle sue belle pile luccicanti.

A un tratto gli balenò un pensiero, indossò la sua tunica ed escì; attraversò molte contrade, s'arrestò ad un uscio, picchiò, gli fu aperto, salì una scala e salendo si mise a gridare con voce tremebonda d'ansia:

«Mastro Wasili! Mastro Wasili!».

La porta d'una camera s'aperse. Levy entrò. Mastro Wasili gli stava di fronte.

Costui era un antiquario russo, molto erudito e molto scaltro, uno di quelli che torcono in male la scienza, come altri torcono in male la forza. «Io lo conobbi (diceva Paw) quand'ero guardiano al tesoro del Santuario, spesso egli soleva dirmi che se la pietra filosofale consisteva nel mutare in oro le cose le più volgari egli l'aveva scoperta. Infatti Wasili per ogni sesterzio antico falsificato guadagnava un vero imperiale d'oro. In fine, mastro Wasili, dottore, professore, antiquario, numismatico, paleologo, chimico era un ladro».

Quando vide Simeòn così trafelato esclamò:

«Da quale tregenda di streghe sei tu scappato buon Simeone? Se non ti chiamassero l'Ebreo senza sabato ti crederei arrivato dal Sabba tedesco o dal Sabba lituano, dal Hartz o dalla Lisagora. Che demonio ti sprona?».

«Un demonio no, ma un fantasma è quello che mi sprona», rispose Simeòn, e raccontò a Wasili la visione notturna.

Finito ch'ebbe il racconto, Wasili sogghignando nel folto della sua nera barba esclamò:

«Iesusmària!» e fece il segno della croce greca toccandosi la fronte, il petto e tagliando una linea trasversale dalla spalla sinistra al fianco destro.

La faccia dell'ebreo era tutta sconvolta.

«Mastro Wasili, - disse Simeòn - vi propongo il più bell'affare che abbiate mai fatto. Vi vendo un pezzo di numismatica così prezioso da disgradarne la più rara moneta egiziana. Datemi un fiorino d'oro corrente ed io vi cedo questo fiorino rosso del morto. Qualche diavolo o qualche chirurgo che mi apra questa mano ci dev'essere certo».
«Vediamo il pugno» (rispose Wasili). Il pugno era serrato come una scatola di ferro. «E che mi andate celiando, questa mano è secca».

«Sulla bibbia, vi giuro che in questa mano c'è il fiorino rosso portante il conio di Sigismondo III e la data del 1613; ed è un vecchio fiorino che vale assai più d'un ducato moderno; pesandolo, così, sento che è oro preziosissimo, oro di 24 caratti».

Wasili dopo avere ben bene scrutato l'ebreo e il pugno dell'ebreo disse:

«Top. Sta bene. Accetto l'affare, ma pongo un patto inesorabile. La tua mano sarà aperta entro tre mesi (voglio essere paziente) ed entro tre mesi tu mi darai la moneta del morto portante il conio di Sigismondo III.

«Voglio essere onesto. Quando vedrò la tua mano aperta e la tua moneta nella mano mia, ti darò mille per uno cioè mille fiorini d'oro per il tuo fiorino rosso. Ma se entro tre mesi non avrò la moneta che stringe quel pugno sarai tu che darai a me mille per uno. Eccoti intanto il fiorino che chiedi, serbalo per caparra».

Wasili gettò sul tavolo un fiorino d'oro poi sedette ad uno scrittoio estese il contratto, lo lesse a Levy e glielo porse dicendo:

«Sottoscrivi».

«Non posso», rispose Levy accennando la destra.

«Sottoscrivi colla sinistra, metti una croce», disse il greco.

«Me ne liberi il profeta! (sclamò l'ebreo scandolezzato) quest'uomo mi farebbe peccare!» prese una penna colla mano sinistra e vergò faticosamente il suo nome. Poscia intascò il fiorino.

«Dunque a rivederci, fra tre mesi, - disse il greco sogghignando - spero che allora potremo stringerci la mano».

«Amen», rispose Levy; e si separarono. Lo stesso giorno l'ebreo di Czenstokow, calcolando sui mille fiorini di Wasili fece una gita a Varsavia dove mutò in carta quasi tutto il suo oro. Il giorno dopo partì per Londra in traccia del dottor Camble.

(Paw tacque ancora per qualche minuto, i suoi polmoni emunti avevano bisogno ad ogni tratto d'un po' di riposo. Paw prendeva occasione da queste frequenti soste per tranguggiare alcuni sorsi di punch. La bevanda forte e bollente gli rendeva ancora qualche guizzo di forza, e ripigliava il racconto. Più che beveva più la sua parola diventava incalzante e la sua faccia allibita. I fatti ch'egli mi narrava dovevano commoverlo violentissimamente perché spesso sollevava il pugno destro per avventarselo alla fronte in atto d'angoscia, ma troncava il gesto a mezzo e tornava tutto sospettoso a rannicchiare il braccio fra le pieghe della pelliccia. Certo qualche nesso fatale esisteva fra la storia fantastica ch'io stavo udendo ed il fantastico personaggio che me la narrava. Io frugavo negli occhi, nei moti, negli accenti di Paw per indagare il doppio fondo della sua leggenda. Non di rado mi accadeva di smarrire il filo del racconto per la curiosità che mi ispirava il raccontatore. Paw aveva già ripresa la narrazione ed io continuavo a guardarlo fissamente e non lo ascoltavo più. Per una bizzarria della memoria mentre osservavo l'uomo quasi terribile che mi stava davanti udivo un rombo incessante nel mio cervello che ripeteva quel frammento di terzina dantesca dove è descritta la dannazione degli avari e dei prodighi:

Questi risurgeranno dal sepulcro

Col pugno chiuso e quelli co' crin mozzi.

E queste ventidue sillabe dell'inferno facevano e rifacevano il loro corso nel mio cervello simili al girare d'un aspo.

A un tratto fui scosso dalla seguente frase):

«Signore, - disse il medico - quel pugno non s'apre più».

Levy non si scoraggiò menomamente, andò da un altro dottore il quale gli consigliò la cura de' fanghi, e garantì di guarirlo.

Levy intraprese la cura; per un mese tutti i dì egli teneva la mano immersa in una gora tiepida e fetente. Il morbido contatto della melma rammolivagli i muscoli irrigiditi, spesso Levy era colto da un balzo di gioia indicibile; sentiva le sue dita stendersi lente, lente, e la cavità del suo palmo dilatarsi, e i pori dell'epidermide inumidirglisi di madore benefico ed un acre vischio maligno sciogliersi dalle falangi e la tenera carezza del fango vivificare già le ossa ed i nervi della misera mano; Levy sentiva i tendini vibrare e scorrere il sangue fino all'unghie.

La mano sepolta nel palude era già semiaperta, già quasi aperta, la moneta vi scivolava entro, allora Levy per tema di smarrire nel fango il fiorino rosso estraeva rapidamente la mano. Il pugno era sempre chiuso! Tutti i giorni Levy subiva lo scherno di questa illusione.

Compiuto il mese di cura, l'ebreo non fu sanato e partì per Vienna ove dimorava a que' tempi un celebre medico. Questi suggerì al malato i bagni elettrici. Levy sommerse allora il suo pugno in un recipiente metallico pieno d'acqua salata su cui agiva una potentissima corrente di pila voltaica.

L'elettricità percorreva il braccio dell'ebreo per un'ora continua quotidianamente. Levy scuoteva il pugno nell'acqua e allora sentiva una forma circolare, piatta e dura che gli si agitava dentro, come l'animella d'un sonaglio scrollato.

Ma Levy non guarì. Passò a Parigi.

Raccontò ad un altro famosissimo medico la sua storia meravigliosa, e poi che l'ebbe narrata aspettò la risposta dell'uomo sapiente. Costui sorrise un poco, guardò la mano e disse:

«Questa mano è un singolare esempio di stimmatizzazione, voi m'offrite in sommo grado una prova della reazione delle idee sull'organismo, siete un interessante soggetto per la scienza; la fisiologia, l'ipnologia vi terrebbero in grande onore, ma non guarirete mai. Per aprire il vostro pugno non v'è che un mezzo solo: amputarlo».

L'avaro stette perplesso un momento, poscia i mille fiorini d'oro di Wasili gli balenarono e rispose:

«Ebbene: amputatelo».

Il medico meravigliato, esclamò:

«Siete pazzo? val meglio un pugno chiuso che un braccio monco».

«E il mio fiorino rosso? - urlò Levy -il fiorino rosso che c'è dentro? lo voglio! tagliatemi la mano, apritemi il pugno, voglio la mia moneta!».

«Non vi farò mai questa operazione; e poi (soggiunse il medico con voce ironicamente marcata) e poi siete proprio sicuro che là quel fiorino ci sia?».

Questa interrogazione annichilì il povero ebreo. Non eragli mai sorto nella mente il dubbio d'essere stato il giuoco d'una lunga allucinazione. La domanda del medico gli insinuò per la prima volta questo dubbio. Subitamente tutta la sua forza crollò. Scosse in aria il pugno per sentire la moneta oscillare; ma il fiorino rosso non si muoveva più, era svanito anch'esso come la fede. L'oro dai 24 caratti era svaporato come un fumo; Levy pesava la sua mano e la sentiva alleggerita.

Disperato fuggì da Parigi. Aveva speso assai per viaggi, per cure, per medici, ed ecco che se ne ritornava a casa, che riprendeva la via di Czenstokow, che rifaceva le scale della sua soffitta più malato e meno ricco di prima. Il suo milione era diminuito di parecchie centinaia di fiorini: stavano per scadere i tre mesi convenuti con mastro Wasili e la scommessa dei 1.000 fiorini d'oro era per- duta. Tre mesi prima, la certezza di tenere in mano il complemento del suo milione e la difficoltà di schiudere quella mano, era per Levy un'angoscia fatale, ma lieve, paragonata al dubbio di quegli ultimi giorni. Quel pugno predestinato, sinistro, impenetrabile come un mistero, era divenuto un enigma più oscuro assai dal dì che la fede aveva fallito. Pareva che si fosse chiuso più strettamente.

Prima serrava una moneta, adesso serrava forse il vuoto. Quel forse era la condanna più crudele del povero avaro. Da quando aveva incominciato a dubitare, la smania di aprire quel pugno gli si era fatta più ardente. Egli vedeva che tutti gli uomini aprivano agevolmente le loro mani; quel moto così naturale e così facile gli era interdetto. A volte ciò gli pareva impossibile e tentava co' sforzi più accaniti di sgominare l'immobilità de' suoi muscoli di pietra. Tutto era vano. I tre mesi compironsi, e Levy una sera, mentre sedeva davanti il suo scrigno, udì picchiare all'uscio delicatamente.

«Entrate».

Wasili entrò dicendo con giovialità:

«Compare Levy, quà la mano».

«Sì! (ruggì l'ebreo mostrandogli, minaccioso, il pugno) l'ho fatta diventare di marmo per avventartela in faccia, greco maledetto».

«Pace, pace, pace - mormorò Wasili. - Potrei essere benedetto se mi ascolti. Ho una idea pel capo e sai che le idee sono oro: abbi un po' di pazienza. Soffri ch'io esca e ch'io torni colla tua guarigione, col tocca e sana».

Così dicendo esci. Levy sbalordito si gettò su d'una seggiola ad aspettare. Dopo un quarto d'ora s'udi una briska arrestarsi davanti alla casa dell'ebreo, indi Wasili rientrò con un piccolo sacco sotto il braccio.

«Cosa c'è in quel sacco?».

«La medicina. Lasciatevi curare da me. Fra cinque minuti vedremo la bella faccia di Sigismondo III saltar fuori dalle tue dita, oppure non la vedremo se non ci sarà, ma il pugno dev'essere aperto. Dicesti che hai la mano di marmo ed ecco ch'io ti porto una forza che la aprirà come quella d'un bimbo.

«La polvere che fa scoppiare le montagne spezzerà agevolmente queste tue vene pietrificate entro le quali c'è forse una preziosa vena d'oro. Lasciati minare il pugno, qui c'è un sacchetto di polvere. L'operazione chirurgica è nuova, pure fidati in me, sai come sono sapiente».

A Levy l'idea della polvere gli parve sublime. Finalmente gli si offriva un mezzo sicuro per uscire dal dubbio. «Se il fiorino c'è (pensava) i mille fiorini entrano nel mio scrigno ed il milione sarà completato ed io sarò lieto per tutta la vita, se non c'è, amen, perderò mille fiorini, avrò il cuore tranquillo fino alla morte», e porse il braccio a Wasili con un gesto possente.

Wasili raccolse dal sacco una manata di polvere e si mise attento ad osservare il pugno di Levy.

Una epiderme secca e lucida lo avviluppava, le unghie erano penetrate nella polpa, le dita parevano suggellate, il pollice conficcavasi fra la seconda falange dell'indice e del medio, il mignolo s'era così grinzo che sembrava un gruppo informe di nervi, sott'esso appariva un piccolo pertugio formato naturalmente dalle due pieghe del metacarpo. Attraverso quel forellino Levy soleva spiare se la moneta luccicava. Wasili notò quel pertugio con una pazienza da alchimista e con una sagacia da chiromante: vi infiltrò grano a grano una dose di polvere equivalente ad una cartuccia e mezza di fucile da caccia, indi con un grosso ago la compresse come quando si carca un'arma. Poi disse:

«Il mortaio è all'ordine; ora si tratta di spararlo, a ciò basti tu solo. Ma prima chiudiamo le finestre, perchè la moneta, se c'è, non balzi in istrada».

Quand'ebbe sprangate le imposte, Wasili prese una miccia di pece e di corda, l'accese e la diede a Levy che la afferrò nella mano sinistra. «Fa tu stesso la tua operazione, - disse Wasili all'ebreo, - io intanto depongo nello scrigno i miei mille fiorini pel caso ch'io debba pagarteli. Per- dona se ti volto le spalle: risparmiami la noia di vedere lo scoppio di un così nuovo petardo».

La notte calava.

Levy immobile col pugno erto e colla miccia alzata, la cui fiamma oscillante rischiarava la cella, pallido, muto, esitava: giunto a quell'estremo, sentiva la lena mancare. Le scintille e le goccie della miccia gli cadevano sulle dita della mano sinistra già invischiata nella pece.

Intanto Wasili curvo davanti lo scrigno aperto faceva le viste di contare i suoi mille fiorini, ma invece intascava quanti gliene capitavano sotto le unghie, abbrancava con una rapidità prodigiosa i rotoli d'oro e le carte monetate, dicendo: «Facciamo i conti».

Prendeva occasione dallo sgomento dell'ebreo per rubare a man salva.

A un tratto Levy s'accorse che l'altro lo derubava e gridò:

«Maledetto ladro!» e mosse per corrergli incontro colla torcia ardente e colle braccia tese.

Wasili, snello come un vampiro, si voltò, ghermì il sacco di polvere deposto a' suoi piedi e !ò vuotò a terra tutto davanti a sé e davanti allo scrigno, poi girando su Levy la sua faccia terribile, gli disse con accento più terribile ancora:

«Fra te ed il tuo scrigno c'è questo pavimento!» e indicò l'alto e nero mucchio di polvere che lo separava da Levy. Lo scrigno era presso all'uscio. Il tugurio era angusto. Levy tentava invano schermirsi dalla miccia che gli incatramava fatalmente le dita dell'unica mano sana, piovendo innumerevoli faville a' suoi piedi: spegnerla col soffio era impossibile. La polvere sparsa gli impediva ogni mossa. Aveva davanti una mina. Wasili intanto continuava a rubare e ad ogni rotolo che intascava, diceva ridendo:

«Cento imperiali!».

«Mastro! manigoldo!» strillava Simeòn.

«Mille ducati! cinquanta rubli! Ho finito» e fissò l'ebreo col suo volto spettrale.

Nel cervello dell'ebreo tuonava l'accento del fantasma quando gli disse: «Ecco il fiorino della tua usura!». Gli pareva che la pietrificazione del pugno avesse già invaso tutto il suo corpo.

Ma repente si scosse e urlò:

«Al ladro! al ladro! al ladro!».

Il ladro non c'era più. S'udì il rumore di un briska che partiva e il galoppo di due cavalli.

Mezzo minuto dopo, le persone che passavano per via udirono un fragore di vetri spezzati venir dalla cella di Levy e videro alla finestra lui che gridava e subito dopo una miccia ardente cadere.

Coloro che salivano alle grida trovarono Levy svenuto per terra.

Tutti gli abitanti di Czenstokow ciarlavano già allegramente della catastrofe dell'ebreo, intercalando i motti piacevoli e l'ironia alla narrazione e ai commenti. Israeliti e cristiani, donne e uomini gongolavano; la sciagura del povero avaro fu la buona ventura di tutti. Nessuno pronunziò una parola di compassione, chi sorrise, chi rise, chi sogghignò, chi sghignazzò e chi squittì dalle risa.

«Ecco i frutti dell'avarizia!».

«Ecco i frutti dell'usura!».

«Farina del diavolo... ecc. ecc.».

Questi erano i discorsi della folla. E Wasili fuggito, non lasciava traccia di sé.

Quando Levy rinvenne era solo; guardò la porta spalancata, poi la finestra spalancata, poi lo scrigno spalancato e vuoto! Volle uccidersi, ma come? il suo pugno non poteva afferrare coltello né pistola e temeva i colpi fiacchi ed incerti della mano sinistra. Poscia il timore della morte lo colse. Il ricco avaro era diventato miserabile, non più una moneta nel suo scrigno, quella povera cassa forte schiusa a tutti i venti rendeva imagine di una gabbia dalla quale fossero volati via i canerini canori.

Levy torceva gli occhi per non vederla. Non gli restava più nulla delle passate ricchezze, tranne forse il fiorino d'oro nel pugno! Ma Levy abbattuto, sfinito, non credeva più a quella moneta fatale. L'incredulità era subentrata al dubbio come il dubbio alla fede.

Levy trascinò poveramente così alcuni giorni di vita rosicchiando qualche rimasuglio di cibo provveduto nei fertili tempi.

Una mattina, disperato, affamato, non sapendo come lavorare, come vivere, salì la collina e si inginocchiò davanti alla porta del Santuario per chiedere l'elemosina.

Molti che lo conoscevano passandogli davanti lo maledicevano, altri che avevano toccato denari suoi a prezzo d'usura lo insultavano.

Altri lo beffavano. Nessuno gli faceva la carità d'un kopiec.

Io a quell'epoca ero guardiano del tesoro della Madonna. Un giorno, ritornandomene a casa, abitavo nel convento, vidi Levy, n'ebbi pietà e gli dissi:

«Questa sera quando i frati dormiranno entra nella mia cella e ceneremo assieme».

Quella notte Levy capitò. Mangiammo tutti e due, Levy era diventato spaventoso a vedersi. La cella era illuminata dal lumignolo che ardeva davanti alla Madonna come qui adesso. Levy in quella notte mi raccontò tutta la sua storia come io ve la raccontai ora. Quando l'ebbe terminata s'alzò... andò davanti alla Vergine (mentre Paw descriveva questi ultimi particolari accompagnava cogli atti e coi gesti le sue parole) poscia lo vidi estrarre il suo pugno dalla sua pelliccia... (e Paw estrasse il pugno)... alzarlo risolutamente... (e Paw lo alzò)... collocarlo sulla fiamma del lume, dicendo:

«Così finisce la storia di Levy».

Una tremenda esplosione seguì queste parole. Mi parve che un fulmine ed un tuono si fossero sprigionati da quella mano ardente davanti il quadretto della Madonna. Il pugno fu spaccato in frantumi... l'ebreo cadde... il lume si spense... Nello stesso momento udii un suono metallico scorrere sul suolo. Raccolsi nel buio una moneta... il fiorino rosso... di Sigismondo III... Levy non si moveva più, lo scoppio l'aveva ucciso.

Giunto a questa fine l'accento di Paw si ruppe in un rantolo e svenne. La fatica del racconto, le crudeli cose narrate, il rhum bevuto l'avevano vinto. La sua testa pesante non reggevasi più. Il delirio lo colse: «Moneta d'inferno... è qui... è qui...». Il delirio si aggravava.

Feci trasportare il povero Paw in una camera appartata dell'osteria. Là, su d'un letto s'addormentò. Paw aveva un principio d'idropisia al cervello, le frequenti libazioni fatte in quella sera avevano decisa una crisi fatale. Passai la notte a vegliarlo. Dal suo labbro non uscì più una parola che valesse a chiarire l'oscuro nesso che lo legava al racconto. Verso l'alba si destò, guardò attorno, mi vide e con tenera gratitudine mi ringraziò.

«Dopo morto ripagherò il mio debito» disse, ma poi spaventato soggiunse «...no ...no ...vi porterebbe sciagura» e tornò a delirare. Indovinai l'idea del malato. Durante tutta la notte potei osservare che il pugno destro di quell'uomo non s'apriva mai. Dedussi da ciò e da qualche altro indizio che Paw aveva raccolto il contagio dell'allucinazione di Levy; credeva anch'esso di stringere il fiorino dell'usura nel pugno. Questa fissazione maniaca era potentemente aiutata dallo stato morboso del suo cervello. Paw mi appariva come una vittima di quel fenomeno fisico che i cristiani dell'evo medio chiamavano sugillationes, e che è una forma della stigmatizzazione.

Un tale fenomeno s'è manifestato più volte anche in questo secolo razionalista. Basta leggere le lettere di Harwitz, stampate a Berlino nel 1846, per vedere citati molti casi di stimmatizzazione avvenuti ai nostri tempi. Maria di Maerl, monaca dell'ordine terzo di San Francesco, fu segnata colle stigmate nell'anno 1834.

Maria Domenica Lazzari, soprannominata l'Addolorata di Capriana, portava anch'essa, ver- so la stessa epoca, le stigmate ai piedi, alle mani, al fianco.

Crescenzia di Nickleitsch fu stimmatizzata nel 1835.

Filippo d'Aqueria, Benedetto da Reggio, cappuccino, Carlo di Gaeta, frate laico, sono altri esempi di stigmatizzati, i quali ottennero l'eredità delle benedette piaghe di San Francesco d'Assisi in premio della loro fede.

Oggi la fisiologia dimostra chiaramente che ciò che nei passati secoli era chiamato miracolo non era che l'effetto d'un morbo, d'un turbamento generale dell'economia, la conseguenza di menti sconvolte dalla esaltazione religiosa, da un troppo lungo abuso dell'astinenza, dell'ascetismo, della vita contemplativa, su organismi già oltremodo predisposti ai disordini dello innervamento.

In molti casi di malattie mentali (casi in cui il morale opera potentissimamente sul fisico) si osserva che le idee, reagendo sugli organi, infliggono agli organi le stesse loro perturbazioni.

La suggellazione e la stigmatizzazione appartengono ad uno stesso ordine di fatti fisiologici e possono esser prodotti dalla mania religiosa, non solo, ma da qualunque altra mania, come avvenne nell'avaro Levy e come apparisce nel povero Paw.

E così considerando, vegliavo il mio malato. Sapevo purtroppo che la scienza non avrebbepotuto salvarlo. Infatti dopo tre giorni morì.

Quando la nuova della morte di Paw si sparse per la città, l'osteria fu assediata da una turba di curiosi. Affollavano l'oste pregandolo di lasciarli penetrare nella camera del morto.

Molti fra essi volevano spezzare il pugno di Paw per carpire il fiorino.

Chiedevano quella grazia all'oste come una elemosina, alcuni altri come un diritto.

Io li udivo, indignato, dal luogo dove stavo.

Uno diceva: «Paw mi ha donato quel fiorino per testamento».

Un altro: «Io ho più diritto di te perché lo tengo da Levy stesso».

E il primo ancora: «Sta a vedere chi ha ragione».

E un terzo: «Quel fiorino va al tesoro della Madonna».

E un quarto: «Bisogna prima bagnarlo nell'acqua santa e purificarlo tutto; io so come si fa».

E un quinto: «Quel fiorino rosso dev'essere diviso fra tutti i confratelli di Paw, fra tutti i suoi compagni d'elemosina, fra tutti quei della plica».

Un applauso fragoroso segui quest'ultima parlata fatta da una voce robusta, ch'io riconobbi essere quella di quel mendicante del Santuario che più degli altri aveva percosso Paw.

Intanto la folla inferocita si spingeva verso la camera dove stavo io col morto. L'oste non poteva più porre argine alla spinta degli assalitori.

L'uscio fu spalancato, la camera fu invasa dalla turba. Videro il morto, s'arrestarono sospesi fra la cupidigia e il terrore.
Quando s'accorsero di me s'inchinarono tutti. Io allora parlai:

«Profanatori! riconosco qualcuno fra voi che l'altro dì, sulla collina, diede invero bella prova di pietà percotendo vigliaccamente il pover'uomo che giace lì su quel letto. Tutti contendevate a Paw una moneta di rame quand'era vivo, ed ora ch'è morto tornate a scagliarvi tutti sul suo pugno, per rapirgli la moneta d'oro che chiude. Malandrini! uomini di rapina e di fango! corvi limosinanti! Quella moneta diventerà cancrena nelle vostre mani. Sarà la vostra maledizione. La sorte di Levy e di Paw vi aspetta.

«Non voglio negarvi il castigo che domandate con tanta ferocia. Chi di voi vuole il fiorino maledetto alzi il braccio...».

Tutti alzarono il braccio. Io allora afferrai un martello, corsi al letto di Paw, presi in mano il suo pugno, due volte morto, alla prima martellata si ruppe come quello d'una mummia. La turba a- nelante attendeva il fiorino rosso; tutti gli sguardi spiavano rivolti al mio martello, e tutte le orecchie erano tese e preparate al suono della moneta d'oro.

Il pugno s'infranse.

La folla stupì.

Il fiorino rosso non c'era.